小さな地震の様な振動を起こしながら、
空色の竜はゆっくりと歩いて来た。
そして、莉奈を見つけると
目を細めながら近付き——
ナゼかその脚に口先を擦りつけ始めた。
「我の友に……我を従えよ」
「……え？」
友に？」
聖女じゃなかったので、王宮でのんびりご飯を作ることにしました
seijo ja nakattanode, oukyu de nonbiri gohan wo tsukurukotonishimashita
4

「食べてみて下さい」
野原《のはら》莉奈《りな》
「これが、マヨネーズですか」
魔法省長官・タール

副料理長・マテウス
「マヨネーズ最高!!」
近衛師団長・ゲオルグ
料理長・リック
近衛師団兵・アメリア

『さぁ、リナ。こちらでゆっくり話をしましょうね？』
――違～う!!
こんなの、私の知ってる
壁ドンっじゃな――っい!!

聖女じゃなかったので、王宮でのんびりご飯を作ることにしました

seijo ja nakattanode, oukyu de nonbiri gohan wo tsukurukotonishimashita

4

神山りお

ill. たらんぼマン

口絵・本文イラスト
たらんぼマン

装丁
木村デザイン・ラボ

第1章　莉奈《りな》、竜騎士団入団？

苺《いちご》バター&ガーリックバターを作った翌日の朝。

エギエディルス皇子とラナ、モニカの三人と仲良く朝食を摂っていた莉奈は、アイスクリームの話になり、ついつい「チョコレートがあったらお菓子の幅が広がる……」——なんて思ったら、それを口から漏らしてしまった。

口から漏れればエギエディルス皇子達に「それは何？」と問われるわけで。

仕方がないから、知っているだけの知識を話す事にした。

カカオ豆というモノから精製して、作るモノだという事。

たとえカカオ豆があったとして、チョコレートを美味《おい》しくなめらかに作るとしたら……。それを精製する機械がないので、ものスゴい労力が必要だという事。

莉奈は説明しながら、ふと思った。

魔王……フェリクス王レベルの豪腕の人が、手間暇掛けて作れば、ものスゴく美味しい物が出来るに違いない。

あの御方は、絶対に作らないだろうけど。

そして、口には出さないけど……作ろうと思うなら、自分にも出来ると思う。作り方自体は知っているから。

だが、たとえ技能《スキル》があったとしても、腕力や筋力までは増えたりしないので限界がある。だから、多分あまり美味しくはないと思う。そもそも、テレビで見たことあるけど、作る工程が超～～～っ面倒くさいっ‼

何時間も石臼《いしうす》をゴリゴリゴリゴリ……。

あ～。やだやだ‼

「「「………」」」

莉奈がウンザリながらも説明すれば、もれなく三人は押し黙った。

カカオ豆なる物が、自分達は見た事もなければ聞いた事もない事。現時点でこの国にあるのかも分からない。

そしてチョコレートに加工するまでの果てなき道のりを聞き、諦《あきら》める諦めない以前に無理だと悟ってくれた様だった。

これがシュゼル皇子だったら、この程度では絶対に引き下がらない気がする。いなくて超ラッキーだった。

三人とも、お口チャックだからね‼

「あ～ぁ、チョコレートを吐き出す魔物でもいたらイイのに……」

莉奈はテーブルに肘《ひじ》をつきため息を吐《つ》いた。

魔物や竜がいる幻想《ファンタジー》の世界なのだからいてもイイかな……と。

そうすれば、簡単に料理に使……え？　吐き出したヤツを⁉

自分で言っておいてなんだが、魔物以前に何モノかが口から出した物を食べたくない。気持ち悪い。ナゼそんなモノを想像してしまった。

「「……は？」」

ラナ女官長、モニカも絶句し……

「あ？　お前……ゲロ食うのかよ」

エギエディルス皇子も口を押さえていた。想像して気分が悪くなったのだろう。

口から物を吐き出す……それすなわちゲロ。

「……食べない」

莉奈も、昨日《きのう》見た芋虫みたいな魔物がビチビチ蠢《うごめ》きながら、チョコレートを吐き出す姿を想像して、なんだか具合が悪くなってきた。

なんてモノを想像したのだ自分は……。あの芋虫がチョコレートを吐き出したとして、食べるのか？　食べないっ‼

◇◇◇

朝食後、莉奈は軍部〝白竜宮《はくりゅうきゅう》〟に向かった。いつもなら厨房《ちゅうぼう》に向かうのだが、ガーリックバター と苺バターをゲオルグ師団長達に渡したいからである。

ついでに、竜をもっと見たかったのだ。幻想の竜が生きている。興奮しない方がオカシイ。

エギエディルス皇子も行くと言うので、一緒に白竜宮の転送の間に瞬間移動《テレポート》してもらった。

やっぱり、スゴく面白い‼

空間がグラリと歪《ゆが》む妙な感覚。何度やってもらっても面白かった。

「お前……本当楽しそうな？」

キライな人もいる中、逆にこんなに喜ぶヤツもいない。

エギエディルス皇子はどちらかと言うと、自分で掛ける分にはいいが掛けられて飛ぶのは好きではない。主導権が他人だと、どうも勝手が違って調子が良くなかった。

「面白い！」

「そうかよ」

だが、莉奈が楽しければそれでイイか、とエギエディルス皇子は笑っていた。

「リナ？」

話しながらゲオルグ師団長のいる執務室に向かっていると、その背に美声が掛かった。

「あ……シュゼル殿下……おは……ご機嫌いかがですか？」

莉奈はお辞儀しつつ、口をグッと引き締める。

おほほ……チョコレートなんて知りませんよ〜？

「ご機嫌は……まぁまぁでしょうか？」

さすがのシュゼル皇子も、今朝《けさ》チョコレートの話をしていたなんて、言わなきゃ分からない様だ。

「こちらには何をしに？」

「昨日ブラックベリーを頂いたお礼に、苺バターとかをゲオルグ師団長達に渡そうかと……」

「あぁ！　苺バターとても美味しいですね。朝から大変美味しく頂きました」

朝から眩《まぶ》しいくらいのシュゼル皇子の笑顔に癒《いや》される。

「お気に召された様で恐縮です」

その様子だと、また苺バターをたっぷり乗せて食べたに違いない。そんな食べ方していたら、いくらあっても足りないと思う。

「ククベリーのもお待ちしてますからね？」

ほのほのと念を押された。

「……はい」

早く作れって催促なのかな？　もしかしなくても。ハチミツがなくならなきゃいいけど。

自分の言いたいことだけ言って、シュゼル皇子は、ではまた……と去って行った。

◇◇◇

ゲオルグ師団長の執務室は、白竜宮の五階にあった。

だが、階段は一段も上っていない。何故か？　それは、転送の間が五階にもあるからである。一階と五階の二ヶ所に設置されているみたいだった。だから、スゴい楽チンである。

ゲオルグ師団長の執務室は、剣やら斧《おの》やら武器が壁に飾ってあった。正確には飾ってあるのではなく、いつでも使用出来る様に壁に掛けてあるのかもしれない。だってコレ、よく見たら飾り用みたいに刃が潰《つぶ》されていない気がする。

殺風景といってもいいフェリクス王の執務室とは違い、武器が掛けてあったりして、面白……ゴホン。ゲオルグ師団長らしい執務室である。

「お～良く来たなリナ嬢」

エギエディルス皇子に挨拶《あいさつ》した後には、両手を上げて歓迎してくれたゲオルグ師団長。え？　胸には飛び込みませんよ？

まだ全然交流がないのに、何故《なぜ》ここまで親切で優しいのか良く分からない。王族に近付く不審な女として、扱われても致し方ないのに不思議だ。

「まぁ、座れ座れ」

執務机の前にあるソファを二人に勧め、秘書らしき男の人に紅茶を出すよう指示していた。

「……はぁ」

ソファに腰を降ろしてふと、視線が斜め前にいる女性に動いた。

20代の若く背の高い、綺麗《きれい》な女性だ。線が細い感じだが服の上からでも、肩や二の腕には無駄のない筋肉がついていてそうに見えた。

侍女はここには出入りしないのだから、彼女も近衛師団の兵なのだろう。

「あぁ、彼女は――」

莉奈の視線の先に気付いたゲオルグ師団長が、彼女を促す。

「アメリア＝ピアゾンと申します。気安くアメリアと」

素早く足先を揃え、ピシッとキレイなお辞儀をしたアメリア。さすが軍部。お辞儀がキビキビとしている。

「先に名を名乗らず、不躾《ぶしつけ》に失礼致しました。リナ＝ノハラと申します。以後リナとお呼び下さい」

莉奈は立ち上がると深々と頭を下げた。初めて女性の近衛師団兵を見た事もあるし、あまりにも綺麗な人だったから、ジロジロ見てしまった事を詫《わ》びた。

「あなたがリナさんか……いつも美味《おい》しい食事をありがとうございます」

さらに重ねてアメリアは頭を下げた。

「え？　いやいや、私はほとんど作ってませんから」

好き勝手にやっているだけ。なんだったら皆の分なんて作ってはいない。実際に作っているのはリック料理長であり、軍部にいる料理人達である。そのすべてを自分の功績なんて、おこがましい。

「ご謙遜《けんそん》を。あなたのお陰で食事が大変美味しくなりました」

アメリアはニコリと笑った。本心から言っているみたいだ。

自分にしたら、この国の食事が口に合わず勝手にやり始めただけだから、お礼を言われる筋合いはないのだが。結果的に、改善されて喜ばれているなら良い事ずくめである。

「それは実際に作っている料理人達に言ってあげて下さい。喜ぶと思います」

「お優しいんですね」

アメリアは眩しいくらいの微笑みを返してくれた。謙遜しているとでも勘違いした様だった。違うのだけど……堂々巡りになりそうだから、そういう事にしておこう。


ゲオルグ師団長が上座のソファに座ったので本題を……と思ったのだが。よくよく見ればソファが一回り大きい気がする。

2メートル越えの彼は普通のでは座れないから、特注品らしい。フェリクス王の執務室の、上座のソファも大きかった気がするから、自分に合わせて作らせているのだろう。

座ると必然的に足がプラプラするから、エギエディルス皇子も上座を勧められても断ったのだ。でなければ、上座は彼が座るのが定石だ。

普通のソファでも少しプラプラしてるから、やっぱりゲオルグサイズは大きいよね。

「今日はどうなされましたか？」

ゲオルグ師団長は、エギエディルス皇子に訊《き》いた。

まぁ、普通に考えて用があるのは彼だと思うよね。

「俺が用がある訳じゃねぇよ。コイツ」

「昨日《きのう》頂いた、ブラックベリーで苺《いちご》バターを作って来たので、討伐に行った皆さんに配ろうと持って来ました」

莉奈は、魔法鞄《マジックバッグ》から苺バターの入った小瓶をカタカタとテーブルに置いた。

「とりあえず、苺バター30、後ガーリックバターを30です」

テーブルの上に小瓶が60個。これを一瓶ずつ分けるのか、皆で食べるのかはゲオルグ師団長達が各々決めればいい。

「苺……バター」

「ガーリック……バター」

座らずにゲオルグ師団長の脇《わき》にいたアメリアと、秘書らしき人が呟《つぶや》きゴクリと生唾《なまつば》を飲んだ。

莉奈が作る物が美味しいのは、皆が承知している。その新作ともいえる物が目の前に置かれれば、匂《にお》いはなくとも興味が湧《わ》く。

「アメリアさんと……そちらは？」

もの欲しそうに見ているので、莉奈はとりあえず名前を訊いてみた。

「これは失礼、マック＝ローレン。補佐官をやっております」

茶色がかった金髪の眼鏡《めがね》を掛けたタレ目の優しそうな人だった。

「えっと、ローレン様？」

「様は結構ですよ」

様を付けて呼んでみれば、結構だという。

この国の人達、いわゆる貴族様が多く働いているのに、意外とフレンドリーで気さくな人が多い。自分としては楽だけど、貴族なんて気位が高いイメージがあったから驚きでしかなかった。

……実のところ莉奈は知らないだけで、皆は別にフレンドリーな訳ではない。

莉奈のしてくれている食事改善、いつぞやの教祖事件、そして王族と行動している様子などが伝わって、敬意を示しているのだ。だからこそ、敬称や敬語を使わなくても許されているだけで……普通の一般人、平民だったらアウトなのである。

「では、ローレンさん」

「……はい」

「そしてアメリアさん」

「はい」

「ここで会ったのも何かの縁ですから、苺バターとガーリックバターを一瓶ずつどうぞ？」

莉奈は、皆の分とは別に魔法鞄《マジックバッグ》から二瓶ずつ取り出して、近くに瓶をコトリと置いた。

たまたまここに、いただけなのだろうけど……それも〝運〟だろう。だからお近づきの印に渡してみる。別名〝賄賂《わいろ》〟。

「……え⁉」

嬉《うれ》しそうに顔を綻《ほころ》ばせたのはアメリアだ。貰《もら》えるとは思わなかったから嬉しそうだ。何もしていないのにイイのか、ゲオルグ師団長やエギエディルス皇子に、お伺いを立てている。

「マジか」

目を見張り呟いたのは、ローレン補佐官だった。

ん？　……今、マジかって言わなかった？

嬉しい申し出に思わず素が出たみたいである。

「マ────ック」

ゲオルグ師団長がゴホンと、咳払《せきばら》いをした。言葉遣いが素に戻っていたから注意した様だ。

「いや……失礼。いや、しかしマジか」

謝罪はしたものの口を押さえつつ、あまりの嬉しさに言葉が正せないでいた。

「マジですよ。ローレンさん。ただし、見つからない様に……」

莉奈は笑いながら、鼻先に人指し指を立てた。

竜騎士団は討伐に行ったからヨシとしても、ただ居合わせただけの二人が貰えたとなれば、騒ぐに決まっている。

騒ぐだけならいいが、たぶん収拾がつかないくらい集《たか》られるに違いない。

「わかりました」

その瞬間、神妙な表情《かお》をして二人は小さく頷《うなず》いた。

バレて少なくなる事を想像し、口にはしっかりチャックをする。

「ちなみに、魔法鞄《マジックバッグ》に入れとかないと、あまり日持ちしませんから、冷蔵庫か何かに入れてお早めに……」

莉奈は注意しておく。苺バターの方は特に日持ちしない。生の果物を入れているから傷みやすいのだ。なるべくなら今日、明日中に食べて欲しい旨も伝えておいた。

二人はそれでも嬉しそうに頷き、大事そうに瓶を手に取っていたのだった。

◇◇◇

ゲオルグ師団長の執務室を出ると、竜のいる広場に向かった。

竜を見るのはこれで二度目になる訳だけど、やっぱりスゴくワクワクする。

「リナは……竜が怖くないんだな」

アメリアが驚きを隠せないでいた。竜に憧《あこが》れを持つ自分でさえ、実際に会った時は恐怖を感じたのに、莉奈にはそれが一切ないのが見てとれたからだ。

「だって、知能が高い竜だもん。全然怖くないよ？」

これが、魔堕《お》ちした魔竜だったら別なのだろうけど。怖い怖くない以前に、幻想の竜が自分の目で、しかも間近で見られる高揚感の方が上回っていた。話が通じるなら、全く怖くはない。むしろ、話の通じない人間の方が、何をするか分からないので怖いくらいだ。

「そういう所が、竜達に好かれるのかもしれないな」

アメリアは羨《うらや》ましそうに呟いていた。基本的に竜は〝番《つがい》〟として契約した相手にしか触れさせない。なのに莉奈は初見で触れた。それが王竜ともなれば、羨ましいなんてものではなかった。

「アメリアは、番は？」

苺バターをあげた辺りから、年齢も近いし敬称付けはイイと言われ、〝さん〟等はお互いにしない事にしている。

「……」

その途端にアメリアは、ものスゴく悲しそうな表情《かお》をした。いらぬ事を訊いたらしい。

項垂《うなだ》れた様なアメリアに代わって、エギエディルス皇子が答えてくれた。

「女は番になれねぇんだよ」

「え？　なんで？」

何その、男女差別的な発言。聞き捨てならないぞ？

「しらねぇ」

エギエディルス皇子は、そっけなく言った。

そもそもが、自分も番を持ってはいないし、そんな事はどうでもイイ。まずは自分の番の方が大事なのだろう。

「しらねぇって……お兄ちゃんズは？」

知らないの？　と訊いてみる。あの二人ならさすがに知っているだろう……と。

「言わねぇよ。理由は自分で確かめろってスタンス」

「あ～そう」

そういう感じですか。疑問は自分で解決しろって事。楽するなって事ね。

莉奈は、兄王達らしい返答に苦笑いも出なかった。

「アメリアは訊いた事あるの？」

「訊いた事はあるが……答えはなかった」

あちゃ～、ますます、項垂れてしまった。

彼女だけではなく、近衛師団にいる女性は必ず直面する疑問。だから皆一様に思い、尋ね、撃沈している様だった。

そもそもが気難しい竜だから、男が女とか以前に、話し掛けても返答がない事が普通らしい。莉奈が初っぱなからガンガン話せて、バシバシ触っていたのが、異様……異例な事だとか。

「リナ！」

アメリアは何かを決心した様に、莉奈の右手を両手で握った。

「ん？」

「頼む‼　理由が知りたいんだ。訊いてみてくれないか！」

今までずっと感じ続けてきた切実な疑問の解答を、莉奈に託そうとしていた。

自分ではいくら頑張っても答えは見つけられず、どうしてイイのか分からなかった。だが、今は違う。竜に好かれた少女がいる。彼女、莉奈ならば……その答えを訊く事が出来るかもしれない。

「……えっと」

「お願いだ‼」

必死で急な頼みに驚いていると、アメリアはさらに力強く右手を握りしめてきた。

訊いたところで、答えるのかな？　と思わなくもないが……。

「分かりました」

と莉奈は苦笑いで返した。訊くのはタダだし、竜がそんな質問で怒るとも思わないから快諾する。

「ありがとう‼」

まだ答えが分かった訳でもないのに、アメリアは泣きそうな笑顔を見せた。

それほどにも彼女は、竜騎士になりたいのだろう。確かに訳も分からず、就きたい仕事に就けないのは悲しいし辛い事だ。女というだけで番を持てず、ずっと辛い思いをしていたのだろう。

莉奈は、彼女のためにも訊けるなら訊いてみてあげようと思ったのであった。

◇◇◇

意気込んで行ってはみたものの、広場にはあまり竜がいなかった。ここ以外にも自分の寝床がある上、本来気まぐれな性格。気分に任せ、あっちに行ったりこっちに行ったりと、自由なのだ。

食事が用意されている時もあるので、食べに来る事もあるみたいだったが、こちらの寝床にさえも寄り付かない竜もいる。今日は特に少ない様だった。

ちなみにだが、緊急時には王竜か真珠姫の咆哮《ほうこう》で呼び寄せるか、特殊な音がする【鳴り笛】という物を空に放って呼ぶらしい。

本来【鳴り笛】で呼んでも、番以外は来ない事もあるのだが、フェリクス王に代替わりした途端、余程の事がない限り竜は集まるとか……。

フェリクス王……コワイデスネ。

「……竜がいねぇ」

エギエディルス皇子が、ガッカリした様に項垂れた。

厳密に云えば、竜は十数頭はいるのだが……彼曰《いわ》く、誰かの番か見知った竜以外いない様だ。

「お兄ちゃんはいるよ?」

莉奈は数十メートル離れた所にいる宰相様を見つけた。先程別れたシュゼル皇子が、自分の番【真珠姫】の背中に鞍《くら》を着けていた。どうやら遠出するらしい。

なるほど……竜にも馬に着ける様な鞍を着けるのか。

莉奈は感心した様に大きく頷いていた。裸のままでは乗りづらいどころか落下するだろうしね。

「シュゼ兄なんかがいても、意味がない」

ヒドイ言われ様に莉奈は笑うしかない。

意味がないって……今は兄よりも竜にしか興味がないらしい。

「エディ」

弟のあまりの言い草が聞こえたのか、シュゼル皇子が困った様に笑って近付いてきた。

「お出……仕事ですか?」

お出掛けですか?と訊《き》くのも変だなと感じた莉奈は、言い直した。

「この国の南にある、街の魔法壁が崩れたと報告が……ね?」

意味深な微笑み。静かに……静かにだが瞳《ひとみ》の奥に怒りが見える。

「南ってフォールドか?　あの壁ってシュゼ兄が――」

エギエディルス皇子が言いながら、何かに気付いたらしい。顔が険しくなった。

「魔石を盗ったバカがいるんだな？」

魔物から人家に被害をもたらさせない様、村や街の周りには囲む様に壁を造る。その際、完全な人力だけでは限界もある上に時間も掛かる。だから、魔法によって手早く造る事が多いのだ。

その壁……兄シュゼルが造った魔法壁が、まだ数年しか経《た》っていないのに崩れた。それは、埋め込まれてある魔石が盗まれた……という意味を持つに等しい。

魔法で造った壁は、魔石を埋め込まないと数週間も保たない。だから、街を守る魔法壁には必ず魔石を埋め込み、安定させるのだ。定期的に魔力を注ぐ必要はあるものの、それで壁は何年何十年と保たれる。

だが同時に、貴重な魔石は売れば金になる。

簡単には取れないとはいえ、取れない事もないので盗難も多々あるのだった。

「お灸《きゅう》を据えに行かなくてはなりません。陛下には伝えてありますが、しばらく留守にします」

「わかった。気を付けて」

エギエディルス皇子がそう言うと、シュゼル皇子は弟の頭を優しく撫《な》で、後は任せましたよ……と微笑《ほほえ》んだ。

「あっ……リナ」

真珠姫の背に華麗に乗ると、今気付いた様に莉奈を見た。

「はい？」

「この子に【真珠姫】と付けたみたいですね？」

「……」

莉奈はビクリとした。そうだった。勝手に愛称なんか付けてしまった。

シュゼル皇子の微笑みからは何も読めない。口調からは怒っている様子は感じない……が謝罪は必要だ。後手だが謝る事にする。

「申し訳あり――」

「謝る必要はありません。竜を喰《く》らう娘よ。良き名です」

莉奈の謝罪に被《かぶ》せ気味に、真珠姫が割って入ってきた。

……え？

はぁ～？　……竜を喰らう娘……って、ちょっと～⁉

「リナは竜までも食べるみたいで……恐ろしいですね？　真珠姫」

シュゼル皇子は、面白そうに莉奈をチラリと見てクスリと笑う。

「この国の王よりも、恐ろしい娘だと皆も怯《おび》えている。私がいない間……減らさぬ様に」

真珠姫もクスクスと笑っていた。

……え？　減らすって何を？

「リナは……竜を食べるのか」

近くにいたアメリアが、あまりの事に瞠目《どうもく》していた。どうやら、あの時あの場に彼女はいなかったので、今初めて耳にし驚愕《きようがく》したらしい。

「いやいやいや……何言ってんのかな？　真珠姫達の冗談だから‼」

莉奈は慌てて手を振って、違うとアピールする。

いらん事をどうして吹聴するかな？　ってそもそも、何故《なぜ》信じるのかな⁉

「食わねぇ様に見張っとく」

エギエディルス皇子が面白そうに言った。

「食べないよ‼」

減らさぬ様にって竜の事か‼　竜なんか食べないよ‼

「よろしくお願いしますね？」

シュゼル皇子は真珠姫とゆっくり、ゆっくりと優美に空に溶けて行った。


「……最悪だ」

莉奈は呟《つぶや》いた。竜にまでからかわれるハメになるとは。

「お前が、考えなしに言うから」

エギエディルス皇子は笑っていた。

あの緊迫した状況で、あんな事を言うから竜にまで色々言われる事になるのだ。莉奈が悪い。

「口がすべ――あっ」

莉奈はそんな事を言いながら、ふとある事を思い出した。

「エド、魔石を埋め込まないと魔法が安定しないいんだよね？」

「あぁ」

「エドが前に造ってくれた、お風呂《ふろ》の浴槽……あれ魔石ないけど大丈夫なの？」

以前彼に造ってもらった浴槽も土の魔法。あれも壁みたいなモノだ。

魔石が埋まってないけど大丈夫なのかな……と。

「……大丈夫じゃねぇな」

エギエディルス皇子も今気付いたのか、少し考えた後にポツリと言った。

「エ――ド」

そしたら何かね？　入ってるとき壁が崩れたりしたら、私は裸で床に流されていたのかな？

「忘れてたんだってば‼　後でちゃんと埋めとく‼」

莉奈が睨《にら》むものだから、エギエディルス皇子は慌てて言った。

本当に後で埋めるつもりでいたのだ。ただ、後回しにしたせいで、完全に忘れていただけなのだ。

……言われなければ、全く思い出さなかっただろうけど。

莉奈に不審そうに見られ、エギエディルス皇子は、今度はしっかりと約束をするのであった。

◇◇◇

莉奈が柵《さく》ごしに竜を見ていると、真珠姫達と入れ替わる様に、暗黒……漆黒の竜こと王竜がふわりと降りて来た。

そのせいでやっと直した莉奈の髪が、ボサボサになった。

優雅にゆっくり降りて来るとはいえ、竜の翼が起こす風は半端ない。ヘリコプターの起こす風と、どちらが強いのだろうか？

王竜は降りて早々に、莉奈を見つけ鼻で笑ってくれた。

「竜喰《ぐ》らいがおるわ」

「……」

殴っていいかな？〝竜喰らい〟って、ものスッゴく失礼じゃない？

アメリアが数歩下がったけど、王竜の威光に対して下がったんだよね？　私にではないよね？

「口端にゴミが付いてますよ？」

王竜の口端をチラリと見て、莉奈はココだと指を差しながら言った。

「むっ……ここか？」

右の前脚で器用に口端を、ガシガシと払う仕草を見せた。

「ウソですけど……ね？」

莉奈はそっぽを向いた。口端にゴミなど何も付いてはいない。ただの嫌がらせ。竜喰らいの仕返しともいう。

「…………」

引っ掛かった王竜は一瞬時を止めた後、莉奈に顔を近付け眉間《みけん》にシワを寄せた。

からかわれたのだ。どういうつもりだ……と言いたいのだろう。

「「……」」

エギエディルス皇子は、目を見張り口を開けていた。それを間近で見ていたアメリアも、瞠目したまま固まっていた。怯えを通り越して愕然《がくぜん》としていたのだ。

竜をからかう者など、この世にはいない。まして、この眼前の竜は王だ。畏《おそ》れ多《おお》くてあり得ない。

アメリアは状況がやっと理解出来ると、次第に足がガクガクとし始めていたのだった。

「相も変わらず、イイ度胸しておるな竜喰らいよ」

王竜は口端を上げ、実に楽しそうに返した。まさか、己をからかう人間が現れるとは、思わなかったのだ。

「竜なんか食べませんよ。固そうだし」

大体なんで〝竜喰らい〟なんて呼ぶかな？

親が付けた莉奈という名前があるのに、ナゼ勝手にそんな異名を付けるのかな？　冒険者じゃあるまいし……。

莉奈はブツブツ文句を垂れていた。

――ぶっ……アハハハハ‼

何が楽しいのか、王竜は口を開けて笑っていた。

固そう、と感想を言った莉奈が愉快だった様である。

その笑い声と風が起こす振動で、何事だと近衛師団兵が窓から覗《のぞ》いたり、宮から出て来ていた。

「面白い娘だ」

ナゼだか知らないが、王竜は至極ご満悦の様だった。

「……」

エギエディルス皇子は、もう何を言うのもヤメた。莉奈は誰《だれ》に対しても莉奈だったからだ。

「竜の王、一つ問いたい事があるのですが？」

ナゼか場も和んだ事だし莉奈は意を決して、アメリアが知りたかった最大の疑問をぶつけてみる事にした。

「なんだ？」

王竜は気分が良さそうだった。

「何故《なぜ》、女性は番に選ばれないのですか？」

一個人としても気になる事だった。

もし、一部の人間と同じく男尊女卑だったとしたら、失望ものだと思った。

アメリアや、近くにいた近衛師団兵の息を飲む音がする。

ひょっとしたら、禁忌の質問なのかもしれなかった。

「竜騎士になりたいのか？」

王竜は不敵に笑う。竜騎士になりたい女性は皆、一度は気になり訊いてくる質問である。莉奈がそれを訊いてくるのだから、そうだろうと推測したのだ。

「別に？」

だから、莉奈がシレッとそう返せば王竜は驚き目を瞬かせた。

「なら、何故それを問う？」

竜騎士になりたい訳ではないのなら、関係のない話だ。好奇心だけで訊いている訳でもなさそうだ。王竜は首を傾《かし》げる。

「女性は番を持てないと耳にしたから」

純粋にただそれだけ。竜騎士になりたいとは、莉奈はこれっぽっちも考えていない。

「知りたいか」

「知りたいです」

莉奈は王竜の目を真っ直《ます》ぐ見て答えた。訳があるのなら知りたい。好奇心だけでなく、これから竜騎士になりたいと思う女性のためにも……。

王竜は、莉奈の目を同じ様に真っ直ぐ捉《とら》えしばらく見た後――。

重い重いその口を開き始めたのであった。

◇◇◇

「女とは――」

「女とは？」

「尊く大切なモノだと、我を初めて従えた男が言ったからだ」

初めて王竜を従えた人が、女性は尊く美しい大切な護《まも》るべき存在だと竜達に伝えたと……王竜は言った。男が戦い、女は護られるべき存在だと……。

大切なモノ故に、危険もある自分達の背には乗せられない。だから、女性の番は持たぬと決め今に至るらしかった。男尊女卑ではなく、先人と竜達の優しさから生まれた決め事だった。

「女性にだって、戦ってでも護りたいモノはある」

莉奈は王竜の言葉を重く受け止めた後、口を開いて自分の思いを伝える。

男が家族を護りたいと思うように、女だって家族を護りたい。自分を捨ててでも、何かを護りたいと思う気持ちに性別という垣根はない筈だ。

「尊ぶ事は良い事だと思うけど、何かを護りたいと思う気持ちに男も女も関係ない」

「……」

「竜の背に跨《また》がり、何かを護りたいと願う者がいたら……そこに性の区別などなく、乗せても良いと思った竜は乗せるべきだと思う」

「先の人の思いは忘れよ……と？」

王竜の目が細くなり声が低くなった。遠い昔。先の人との約束事だ。長い年月護った掟《おきて》。それを今、撤回しろと莉奈が言っているのだ。憤りを感じてもおかしくはないだろう。

「忘れる必要なんてない。むしろ有り難い事だと尊重する。だけど……女を理由に背に乗せないなんて差別でしかない。女性が尊いなんて言うのなら、竜も男のみが番を見つけるべきじゃないの？」

真珠姫は女性……メスだ。なのにシュゼル皇子という番を見つけ、その背に乗せている。なにを以て、女性は尊いというのか？　何かが違う気がするし納得がいかない。

「……」

王竜は黙り込んだ。怒って黙り込んだのか呆《あき》れているのか、さだかではない。

「護り方なんて、人も竜もそれぞれ。王が命《めい》で決めるのではなく、竜が人を見て……見極めて選べばいい」

竜と人の信頼関係は、男も女も変わりなく築けるハズ。

「……」

王竜は目を瞑《つぶ》り押し黙り、広場には王竜の答えを待つ者達の、静かな息づかいだけが聞こえた。

誰もが察していた。そこにいる少女が、今何かを変えようとしている。それを感じ取り、息さえも出来ない程に心までもが緊張していたのだ。

「リナ……お前は、何かを護るために我等に乗りたいか？」

王竜はゆっくりと目を開け、莉奈に問う。

「竜に乗る事で、護れるモノがあるなら乗りたいと思う」

竜に乗るだけでは、何も護れないだろう。

竜に乗って自分が出来る事など限られている。それを知り、やっと何かを護れるのだと思う。

あの時……竜に乗る事で、大切な家族を護れていたのだったら、自分は間違いなく乗っていただろう。

「……そうか」

そう言って、王竜は再び目を瞑った。王竜は莉奈の言葉に、何を思う。

どのくらい経《た》ったか王竜はゆっくり目を開け、空を仰ぐ――。


――グオォォォォ――ッ‼


王竜は仰いだ空に向かって、喉《のど》を震わせ低い低い咆哮《ほうこう》を上げた。

それは、耳の奥、頭の奥を震わせる程の振動だった。身体《からだ》の中が震える、異様な感覚。ビリビリと細かい振動が、身体中を駆け巡っていた。

莉奈はあまりの事に驚愕《きょうがく》し、エギエディルス皇子を護る様に引き寄せた。そして、その反動で起きた地響き・地鳴りの収まるのを、ただただ待つしかなかった。

「――何が起きてやがる」

咆哮によろける莉奈の身体を、誰かが咄嗟《とっさ》に支えてくれていた。

頭の上からその声が聞こえた時、すでにその誰かの広くて厚い胸に包まれていたのだ。

「フェル兄」

エギエディルス皇子の声に、莉奈は我に返った。

誰かの胸……それはフェリクス王のだった。

「一体なんの騒ぎだ」

王竜の咆哮にいち早く気付いたフェリクス王は、瞬間移動《テレポート》を発動してここに飛んで来てくれたのである。

「じきに分かる」

いつの間にか咆哮を止めていた王竜は、実に愉快そうに意味ありげに莉奈を見ていた。

「……あ？」

フェリクス王は、勿体《もったい》ぶる王竜を訝《いぶか》しげに見た後、腕の中に小さく収まる莉奈を見た。どういう事か、全く理解が出来なかったのだ。説明を求めてみたものの、莉奈はこめかみを押さえていた。

フェリクス王の腕の中にいる恥ずかしさは、莉奈の中から完全に吹っ飛んでいた。王竜の突然の咆哮に、耳と頭がグワングワンとしていて、耳鳴りやら小さな頭痛がしていて、それどころではなかった。

フェリクス王は、原因が莉奈にあるのを理解していた。だが、説明を聞くのは後回しにする。弟は平気そうだが、莉奈は調子が悪そうな表情をしているからだ。心配そうに声を掛けた。

「――おい？」

「リナ……大丈夫かよ？」

エギエディルス皇子も心配そうに声を掛けていた。

近衛師団の人達も耳や頭を押さえてはいるが、一番近くにいた上に、全く慣れていない彼女の方が心配だったのだ。

「……ダイジョバナイ」

咆哮を上げるなら上げると、一声掛けて欲しいと、莉奈は思った。

そうしたら何かで、せめて耳を押さえられたのに。

「「大丈夫そうだな」」

相変わらずの莉奈に、フェリクス兄弟は目を見合わせ小さく笑っていた。

「頭痛に◯ファリン、耳鳴りにポーション」

莉奈は、ガサガサと魔法鞄《マジックバッグ》を漁《あさ》り始めた。

耳鳴りに効くかは全く分からないが、とりあえず飲んでみようと思ったのだ。耳の奥でいつまでもする音に、莉奈はフラフラとしていた。

「耳鳴りには効かねぇと思うけど？」

なにやら必死に魔法鞄《マジックバッグ》を漁る莉奈に、エギエディルス皇子は苦笑いする。

「ん？　エド、ミミズ食べたいの？」

まだ耳の奥がグワングワンしていて良く聞こえないが、そんな事を言った様に莉奈には聞こえた。

「んなこと、言ってねぇよ‼」

エギエディルス皇子は、間髪容れずにツッコんでいた。

ミミズなんて、食べようと思うハズがない。

「エディ……ミミズを食うのか」

「食わねぇよ‼」

兄王にまでからかわれ、エギエディルス皇子はむくれる。

フェリクス王は、くつくつと笑っていた。いつもどこかオカシイ莉奈が、いつも以上にオカシイからである。

そんなやりとりをしていると、にわかに空が騒がしくなっていた。

王竜の咆哮によってなのか、いつも以上に竜達が集まり始めていたのだ。色とりどりの竜達が、何十頭と空をクルクルと旋回している。

「……すっげぇ」

それに気付いたエギエディルス皇子が、惚《ほう》けた様に呟《つぶや》いた。ほぼ毎日来ている彼でさえも、こんなにも多くの竜達が旋回しているのを見るのは初めてだったのだ。

シュゼル皇子の真珠姫がいたのなら、全色の竜が揃《そろ》ったに違いない。

「写真撮りたい」

莉奈はボソリと言った。勿論《もちろん》王竜も撮りたいが、こんなに色んな竜がいるのだ。目に焼き付けるとかではなく、写真に収めたい。

「あ？」

フェリクス王が呟きを拾っていた。理解は出来なかったが、何かを言ったのは聞こえたらしい。

「……っ」

その瞬間、莉奈は顔を赤らめフェリクス王から数歩、飛び離れた。今さらだが、腕の中にスッポリ収まっていた事に、気付いたのだった。

「今さらかよ」

フェリクス王は、遅すぎる莉奈の反応に面白そうにしていた。

「フェル兄……竜が……降りてくる」

旋回をしていた中の一頭が、ゆっくりゆっくりと柵《さく》の外に降りてきたのだ。

竜が柵の外に降りるのも、稀《まれ》な事だった。只《ただ》でさえ人間との距離をつくる竜が、誰かの番でもないのに柵の外に降りてきたのだ。

青空に溶けそうな、キレイな色の竜だった。

頭の大きさからして、メス、女の子の竜の様である。

――ドシンドシン。

小さな地震の様な振動を起こしながら、空色の竜はゆっくりと歩いて来た。

そして、莉奈を見つけると目を細めながら近付き――ナゼかその脚に口先を擦りつけ始めた。

その様子は猫がゴロゴロと擦りつけるのと似ている。

「我の友に……我を従えよ」

空色の竜はしばらくすると、穏やかそうな顔を上げ、莉奈に向かって言葉を発したのだ。

「……え？」

「友に」

そう言うとその空色の竜は、今度は可愛《かわい》らしくクルクルと喉を鳴らしていた。

「リナ……竜がお前を選んだ」

良く分かっていない莉奈の頭に、ポンと優しくフェリクス王の手のひらが乗った。

「え？」

選んだって……何が？　莉奈は顔を上げた。理解が出来ないのだ。

「その竜は……お前を〝友〟〝番〟に選んだんだ」

「は？」

莉奈は目を見開いた。竜が何故《なぜ》自分を番に選んだのだ……と。理由が分からなかった。竜は番には、女性は選ばないハズではなかったのか。

さっきの王竜の咆哮と言葉に関係がある？

――え？　まさかとは思うけど……。

……私を……男だと判断したとか⁉

莉奈が不審そうに眉《まゆ》をひそめていると――。

「〝友に〟と言ってやれ。それが竜との誓約……契約だ」

フェリクス王が小さく笑い……王竜が優しく見守っていた。

「……と……友に？」

莉奈は、何がどうなっているのか理解出来ないまま、フェリクス王の言うように言葉に出すしかなかった。

その瞬間、莉奈の額がポゥと熱くなり、小さな図柄を浮かべて光って消えた。

それが、竜と人との……契約の瞬間であった。

――ピューーッ。


まったく何も分かっていない莉奈と、空色の竜の契約が終わると――。

莉奈の番となった竜が空に向かって、小さく長く鳴いた。

それは、先程の咆哮とはまったく違い、心地よい口笛の音に似ていた。


――ピューピューイ。


空色の竜が可愛らしく鳴いていると、それを聞いた他の竜達が皆、応《こた》える様に色とりどりの音を奏で始めた。空を旋回する竜も、広場にいる竜も、すべての竜が皆声を上げ奏でていたのだ。

それは、さながら……竜のオーケストラ。壮大にして優美な姿であった。

「……」

莉奈は、一瞬熱くなったおでこを擦りながら、目を細めていた。竜の奏でる音は、高音低音と様々だったが、どこか規則性でもあるかの様に、耳に心地よい音楽だったのだ。

「……歓喜の唄《うた》」

エギエディルス皇子が、惚《ほう》けた様に呟いた。彼曰《いわ》く。先程のは竜が人と契約を結んだ証《あかし》。竜が番を選んだ喜びを皆で分かち合う、歓喜の唄らしかった。

「俺が先に聞き……クソッ……信じらんねぇ」

女は番を持てないハズなのに、莉奈が自分より先に番を持ってしまった。羨《うらや》ましくもあり悔しくもあり、複雑な心境だったのだ。今、竜の唄を聞くのは、自分でありたかったのに……。

「……はぁ」

莉奈は何がなんだか分からず、呆けていた。

自身も信じられないのだ。自分の何がこの竜に気に入られ、選ばせたのか。そのうち訊《き》いてみようと思う。

そんな皆の複雑な心情など、知るよしもない空色の竜は、莉奈にすり寄っていた。莉奈はそれを宥《なだ》める様に触ってはいたが、番になっているのでどうやら触れても、自分を拒否したりはしないらしい。

「……ジョリジョリして痛い」

コロコロとすり寄ってくれている頬《ほお》が、なんだか痛いのだ。加減はしているのだろうけど、顔の鱗《うろこ》は硬くて細かい。

その鱗を持っている竜が人の顔にすり寄れば、下ろし金で擦られている様なものである。皮膚が地味に削れている気がする。

「番を持った感想が……それかよ‼　お前は本当に何なんだよ‼」

エギエディルス皇子は半べそ気味だった。番を持ちたいと必死にアレコレしていたのに、ぽっと出の莉奈が先に番を持つ。衝撃的過ぎて泣けてきたみたいだった。

「エド。たぶんだけど……エドも近いうちに番が見つかると思うよ？」

これはあくまで勘だけど、莉奈にはそんな気がしたのだ。

「なんでそんな事が言えるんだよ‼」

持っていない自分への慰めかと思ったエギエディルス皇子は、泣きそうな顔で怒った。

「掟《おきて》が破られたからだ」

それには、兄フェリクス王が苦笑いしながら答えた。

「女に番を持たせない、これが、今までの竜の掟だ。だが、リナがそれを打破した。だから、お前も……お前次第で変えられる」

悔しそうに涙を拭《ぬぐ》う弟に、フェリクス王は優しく語った。

フェリクス王は、女性が番を持てない理由を知っていた。だが、誰《だれ》にも教えなかった。何故ならば、本当に持ちたいと願うのであれば、自身の口で訊き自身の耳で、確認するべきだと思っていたからだ。それも出来ない様なら、番など無理だと感じていた。

「……俺にも……持てる？」

目元を擦り、兄王と莉奈を見た。

「たぶん……ね？」

莉奈は苦笑いするしかない。なんとなくそう感じただけで、まったく根拠もなく確証もないからだ。自分でも良く分からないのに、これ以上適当な事は言えない。彼が自分でどうにかするしかないだろう。

「しらねぇ」

フェリクス王はどうでも良さそうに言った。

だが、その言葉とは裏腹に、弟の頭をグリグリと優しく撫《な》でくり回していた。拗《す》ねたり泣いたりする弟が、可愛《かわい》くて仕方がないみたいだ。

莉奈はそんな兄弟に、やっぱり仲がイイな……と笑っていたのであった。

◇◇◇

先程まで旋回をしていた竜が、歓喜の唄を唄い終えると、ゆっくり一頭、また一頭と去っていってしまった。莉奈はそんな様子を見ながら呟いた。

「歓喜の唄……か」

やがて空には青空しか見えなくなった。

「掟を変えやがって」

フェリクス王は複雑そうに笑いながら言った。それは怒っているのではなく、仕方がないといった感じであった。フェリクス王自身は、ひょっとしたら王竜と同じ考えだったのかもしれない。

「理不尽な掟なんて、ない方がいいんですよ？」

莉奈は笑った。

確かに、女性を労る、尊いと言ってくれるのは有り難い。

でも、それは王命や掟で縛るのではなく、乗せる竜自身に決めさせればいい。

「お前が証明しちまったしな」

莉奈の頭を、フェリクス王はクシャクシャと撫で回していた。

竜が決めたのなら仕方がない。それを止める権利はない。

「アメリアも、これで番が持てる様になる――え？」

竜を持ちたいと言っていたアメリアを、振り返って見れば……何故か片膝《かたひざ》を折っていたのだった。

近くにフェリクス王がいるからか、と納得し莉奈は歩み寄る。

「毎日来てみれば、いつか見つかると思うよ？」

腰を曲げてアメリアに伝えれば、遠くに立っていたハズの女性の近衛兵が、莉奈の前に走り寄って来た。

何故かフェリクス王達に向かってではなく、莉奈に一斉に片膝を折り曲げて頭を下げ始めたのだ。

「……へ？　陛下は向こうだよ？」

莉奈は間違っている女性達に、陛下はそっちだと手のひらを向けた。

「リナ。あなたに感謝する」

アメリアがそう言うと、皆も深々と頭を下げてお礼を言ってきた。莉奈には、何が何だかさっぱりであった。

「感謝って……え？　何に？」

「あなたのおかげで、私達にも〝番〟が持てる希望が生まれた。リナ……ありがとう」

アメリアだけでなく、ここにいるすべての女性の近衛師団兵達が、涙を浮かべていた。

「感謝は、番が持ててからにしてよ。まだ希望でしょ？」

莉奈は苦笑いしていた。

希望が出来ただけで、確証が出来た訳ではない。気まぐれな竜の事だから、なんとも言えない。

「ああ。だけど、礼を言いたいんだ。ありがとうリナ」

莉奈が希望を作ってくれた。それがただ、純粋に嬉《うれ》しかったのだ。

アメリア達は、涙を拭って笑っていた。


――ツンツン。

「ん？」

アメリアとの、ある意味感動的な空気の中、莉奈の頭を突っつく何かがいた。横を見れば……自分の番だった。口の先で突っついていたみたいである。

「私にも……名を」

「は？」

「私に名を」

空色の竜は莉奈に、名を付けろと言っていた。

んん？　王竜はこの間言っていなかったか？　犬や猫ではないのだから、名などいらぬ……と。

「名前なんて付けられるの嫌じゃなかったの？」

莉奈は驚き目を丸くさせた。名を求めてくるなんて思いもしなかったのだ。想定外で頭が働かない。

「〝真珠姫〟……綺麗《きれい》な名です」

空色の竜は、うっとりとしていた。莉奈がシュゼル皇子の白い竜に付けた名が、大層気に入っていたらしい。だから、自分にも付けろと言っているみたいだ。

「はぁ」

莉奈は気のない返事を返していた。そんな事を急に言われても、何も思い浮かばない。

「…………」

空色の竜は、キラキラとした期待を込めた眼差《まなざ》しで莉奈を見ていた。

莉奈は、何も思い浮かばなかったので、ボケ～としていた。

――ぐぅぅぅ～。

妙な沈黙の中、変な音が鳴り響いた。

……うっわ……マジかよ。超恥ずかしい。

それは、自分の腹の虫だった。

莉奈はものスゴく恥ずかしくなり、下を向いてお腹《なか》をさすった。

なんで、この静まり返った空気の中でお腹が鳴るかな？

——ガサッ。

その瞬間、土か草の擦れる音がした。

音がした方向を見ると、空色の竜が驚愕《きょうがく》し戦《おのの》きジリジリと後ずさりし始めていた。

「……わ……私を……私を食べる気ですか⁉」

莉奈の番は、莉奈の鳴らした腹の虫を自分を見て鳴らしたと、盛大に勘違いした様である。

「へ？」

この番は何を言っているのかな？

そんな都合良く腹の虫は鳴らないし、別に竜を見て美味《おい》しそうだと思った訳でもないんだけど
……。

「わ……私を食べる気ですか‼」

「は？　いやいやいや。竜なんか食べないし」

莉奈は慌てた様に、手を左右に振った。

え？　なにコレ。何回、竜とこのやり取りするの？

コラコラ、何故《なぜ》後ずさる？　食べる訳ないでしょう⁉

そもそも自分が選んだ番を信じろよ‼

莉奈が呆気《あっけ》にとられていると、背後から面白そうな声がした。

「喰《く》われるぞ？」

フェリクス王が、空色の竜を見てニヤリと笑った。

「……っ⁉」

このクソ王は、何を言うのかな⁉

莉奈はフェリクス王を振り返り、思いっきり睨《にら》んだ。

だがそんな中、番はさらにズリズリと後ずさり……ゆっくり羽ばたき始めていた。どう考えても
その姿は……逃げる準備をしている様にしか見えない。

「はぁ？　ちょっと～⁉」

莉奈は慌てて自分の竜には弁解を、フェリクス王には猛抗議した。

必死に弁解していたものの、莉奈の番はトンと軽く地を蹴《け》ると、バサバサと羽ばたき脱兎の如《ごと》く、
空に溶けて行ってしまった。

「…………」

莉奈は唖然呆然《あぜんぼうぜん》である。契約した数分後に番が逃げるとか……どういう状況だ。

――くっくっくっ。

場の空気を乱す、くつくつと笑う声が響く。莉奈が睨んで見れば、フェリクス王その人であった。

――こんの、クソ王‼

莉奈はさらに睨んだ。

あの空気の中、腹を鳴らした自分もどうかと思うけど……。

何も知らない竜をからかう、フェリクス王はもっとどうかしている。

睨んだところで、何も変わらないが睨まずにはいられなかったのだ。

しかし、王竜もフェリクス王も何が愉快なのか、同じ様にくつくつと笑っていた。

――叩《たた》きたい。

どっちの王の頭も、叩きた――――っい‼

「……番が逃げるとか……笑える」

腰に手をあてているフェリクス王は、下を向きまだ肩を震わせていた。

「陛下が余計な一言をおっしゃるからでしょうが‼」

「お前……なんつータイミングで腹の虫を鳴かすんだよ」

エギエディルス皇子が、腹を抱えていた。

あのタイミングはないわ～と兄王と二人で爆笑している。

「勝手に鳴ったんだから仕方がないでしょ‼」

莉奈だって別に、好きで鳴らした訳ではない。気付いたら鳴っていたのだから仕方がないのだ。

勝手に鳴ったものをどうやって止めるのか、逆に訊《き》きたい。

「大体なんで私が竜を食べるみたいな話が浸透してるのかな⁉」

王だけでなく、王竜にも抗議する。この間、あれだけ弁解して理解しあった話ではなかったのか。

「人の口に戸を立てられん様に……竜の口にも戸は立てられん」

王竜は実に愉快そうに笑っている。

要はあの場にいた竜達が、噂話として広めた……という事か。筆頭はこの王竜に違いない。

「立てろよ‼」

と、莉奈が再度抗議をすれば――

「「無理だな」」

と、人と竜の王達がさらに笑った。

止める気はまったくないらしい。もう最悪だ。

◇◇◇

「リナ‼　お前ならやってくれると信じていたぞ‼」

莉奈が、ウンザリした様子で白竜宮に戻ろうとしたら、いつの間にか来ていたゲオルグ師団長がいた。あの咆哮《ほうこう》で集まっていたのか、気付けば辺りは人だかりである。

莉奈の両手を掴《つか》み、これでもかって程喜びブンブンと振ってくれた。

「はぁ……」

何をやってくれると信じていたのかが、良く分からない。

……っていうか。もしかしなくても、腹の虫をこの人達に聞かれていたのでは？

そのことが恥ずかしい。

「これで晴れて、お前も竜騎士団の一員だな‼」

そう嬉しそうに言ったかと思えば、莉奈を抱き上げ自分の肩に乗せた。

その姿を見た近衛師団兵達から、途端にわぁーっと地響きの様な大歓声が上がる。

……は？

もう、莉奈は思考が追い付かなかった。彼が何を言っているのか、何故歓声が上がっているのか、何故肩に乗せられたのか、さっぱり分からなかった。

唖然呆然としている間に、完全にお披露目状態になってしまっている。

「あぁ。そうなっちまうのか」

フェリクス王は、面倒くさそうに頭をガシガシ掻《か》いていた。近衛師団かどうかはともかく、竜に選ばれた時点で竜騎士団の一員になった……ともいえてしまうからだ。

王自身が陰ながら支える支えない以前に、莉奈は知らない内に自分で自分の地位を、すっかり確立させてしまっていた。もはや、自分や弟達が少し甘やかしたところで、誰《だれ》も文句は言わないだろう。

フェリクス王は、バカバカしくさえ思えてきた。

この女には……自分達の庇護《ひご》など必要なかったのでは……と。

竜のいる広場では、史上初の女性の竜騎士団員に、ちょっとしたお祭り騒ぎである。

「……家に帰りたい」

莉奈は口を半開きにし、魂を何処かへ飛ばしていた。何がそんなにめでたいのか、そして何故こうなったのか、考えたくもなかったのだ。現実逃避を決め込んだのである。

「絶っっ対。俺も番を見つけてやる‼」

そんな様子に、さらに闘志を燃やし始めたのか、エギエディルス皇子は拳《こぶし》を力強く握っていた。

◇◇◇

とりあえず……莉奈の竜騎士団入団は保留となった。そう、〝否〟でなく保留。竜が選んでしまったかららしい。

竜騎士団には、近衛師団兵が竜の番を持つと入る……とはなっていたのだが、それは大抵近衛師

団兵でもない限り、竜を持ちたいと思う者がいないからである。

一般人は、まず竜を持ちたいとは思わない。第一、一般人が竜に会う事も稀《まれ》。そして、ほぼ十割が竜に会ったら怯《おび》える。自分に怯える様な人間を、竜が番に選ぶ訳がないのだ。

莉奈が稀なケース……というかオカシイのである。

「まぁ。とりあえず竜騎士団の炊事長官に任命する」

白竜宮に戻り、肩から下ろした莉奈の両肩を、ゲオルグ師団長は力強くバンと叩いた。

「……なんでだよ」

今の今、保留になったでしょうが‼

彼の力加減が甘すぎて、叩かれた肩がヒリヒリと痛かったが、莉奈はそれどころではなかった。

どうなってるんだよ？　大体〝炊事長官〟ってなんなんだよ。聞いた事がないんだけど？

もう、敬語で話す気力が湧《わ》かない。

「リナは近衛師団兵ではないからな。だから、戦わない竜騎士、炊事長官だ」

ハハハ！　と声高く笑うゲオルグ師団長。不信感たっぷりで見ていたらそんな事を言い始めた。

竜騎士団に入らないという選択はないのだろうか？

「なんか立派な身分になったな」

エギエディルス皇子が、苦笑いしていた。呆《あき》れているともいう。少しは憐《あわ》れんでくれているのかもしれない。

「いらん」

確かに〝長官〟なんて付くとやけに偉そうだ。魔法省にいるタールさんも、魔法省長官なんて立派な肩書きがある。

長官だけでいうなら、同等か近付いた気もするが。仕事内容は雲泥の差である。

そんな職なんかに就いたら、名ばかり過ぎて、同じ長官のタールさんに申し訳なくて仕方がない。

「まぁ。長官でも上官でも構わねぇが。番を持っちまったんだから、竜の宿舎を用意する必要があるな」

フェリクス王は、その話を完全にスルーした。

「逃げましたけど？」

あなたのせいでね？　と莉奈は軽く睨んでおく。

「頭が冷えたら戻って来るんじゃねぇの？」

フェリクス王は適当な事を返してきた。

その言葉の語尾に〝しらねぇけど〟って付いてる気がするんですが？

「契約しちまった以上は戻って来る」

莉奈が、不信感をたっぷり含ませた目で見ていたら、フェリクス王は苦笑いしながら付け足した。

〝しちまった〟って何かな？　しろって言ったの王じゃないのかな？

結局のところ、どちらかが死なない限り、番は変わらない。だから戻って来るって、言いたいのだろうけど。

「ふ～ん？」

莉奈はもはや、どうでも良くなっていた。

面倒くさいし。竜騎士になりたい訳ではないし……。

◇◇◇

【竜の宿舎】。いわゆる、竜の部屋は白竜宮の目と鼻の先にある。

白竜宮の目の前は、竜の広場。左は塀を挟んで王宮や離宮がある所。右が竜の宿舎。宿舎の先には平原があって、さらにその奥は以前見学させてもらったように崖《がけ》になっている。

ちなみに白竜宮の左、塀沿いに軍部の宿舎がある。見張りも兼ねているらしい。

王宮もそうだが、自分のいる離宮の屋上など、すべての屋上には竜が着地出来る様になっている。ヘリポートならぬ竜ポートといったところだ。

莉奈は今日、竜の宿舎をじっくり見学させてもらった。番を持ってしまったからだ。

宿舎は丸太を組んであって、一見ちょっと豪華なログハウスっぽい。

入り口に扉などなく、中に入ると真ん中は竜の通り道、いわゆる廊下がある。

それを挟んで、竜達の部屋になっている。大きくて頑丈な馬小屋、だが、王城にあるから外見だけは豪華といった感じである。

部屋の仕切りは分厚い板張りだけど、竜仕様なので一部屋一部屋がものスゴく大きい。

竜一頭の部屋の大きさは、二階建ての家くらいは軽くありそうだった。

「質素な部屋ですね」

莉奈は、広さには圧倒されながらも呟《つぶや》いた。

外見はそれなりに豪華な作りなのに中は質素過ぎる。当たり前だが、竜の部屋に家具などはない。

壁紙も貼ってないし、絵画なんて飾ってある訳もなかった。

あるのは、床にたくさん敷いてある藁《わら》のみ。だから、殺風景である。

「豪華にする意味はねぇしな」

フェリクス王は、ため息混じりに言った。

食べるか寝るかだけの部屋に、竜は何かを求めたりしないそうだ。落ち着いた頑丈な部屋を用意すれば、それで文句は言わない。本来の竜の棲《す》みかは、岩場や崖だ。だから、雨風が防げればいいらしい。

ちなみに王竜は先程、用は済んだとばかりにどっかに飛んで行ってしまっている。エギエディルス皇子は、番を一生懸命見つけようと広場に残っている。

「まぁ、そうなんでしょうけど」

それにしても、何もない。何もないのに竜は自分の部屋が分かるのか、莉奈は疑問だった。

「あっ……部屋の柱に鱗《うろこ》がある」

正確には部屋の上にある、梁《はり》らしき丸太に鱗が飾ってある。空いてる部屋にはなく、いる部屋には鱗が飾ってあったのだ。

「番になれば、竜が勝手に空いている部屋を見つけて、そこが気に入れば鱗を一つ剥《は》いで落とす。それを、自分の部屋の目印にとああやって飾ってやる」

莉奈が疑問に思えば、フェリクス王が目線で指しながら説明してくれた。

鱗を目印代わりに飾ってあげるのか……あの高い所に……。

え？　……誰《だれ》が？

「ゲオルグ辺りに言えば、付けてくれるだろうよ」

莉奈が眉《まゆ》を寄せていたら、その様子に気付いた王が自分でやれとは言ってねぇ……という表情《かお》をしていた。

「……ですよね」

莉奈はホッとした。これも番になった者の仕事かと思ったら、ゾッとした。やってやれない事もないけど……危険である。

「食事は？」

「用意する必要は、ほぼねぇよ。腹を空《す》かしたら勝手に食ってくる。やりたきゃ、たまに果物でもやっとけ」

基本食事の面倒は見ない。寝床は軍部に頼んどけばいいとの事。

言葉で意思の疎通も出来るし、比べては失礼だけどペットより楽そうである。

「他に質問は？」

フェリクス王が訊《き》いてくれた。顔は怖いが、基本優しい御方である。

「あの子いつ、戻って来ます？」

「しらねぇ」

そう言って、フェリクス王は笑った。

うん。実に無責任である。

第2章　炊事長官

白竜宮《はくりゅうきゅう》の方に戻って来ると、エギエディルス皇子が広場で空を仰いでいた。莉奈《りな》がフェリクス王に、竜の宿舎の説明をしてもらっていた間、ずっとああしていたみたいだった。

莉奈が番を持った事で、メラメラとした闘志を燃やしている。

近衛師団の女性達も、気持ちは一緒なのか同じ様に空を仰いでいた。

「結局のところ、竜って何を基準に番を選ぶんですか？」

何処かの誰かさんのせいで、そんな事を訊く前に番は飛んでいったし。

「しらねぇ」

一生懸命な弟を、苦笑いしながらフェリクス王は見ていた。だが、その視線はとても穏やかで優しい。

「ちなみに、陛下が王竜を番にもった経緯は？」

そんな優しい瞳《ひとみ》に、莉奈はなんだか胸が温かくなりつつも、気になったので訊いてみた。

「あ？　確か……魔堕《お》ちした竜の討伐をしていた時に、アレが見ていて……相手してやったら、しらねぇ間に番になりやがった」

と、至極どうでも良さげに話してくれた。

……は？　番になりやがった？　弟のエドくんはあんなに必死なのに？

大体、どういう状況な訳？

ん〜と？　要は、王竜がフェリクス王と他の竜の戦いを、どっかで見学していて、王がなんか強そうだったからフラッと乱入。「オイ！　お前ちょっと強いじゃねぇか、イイから顔貸せ」……みたいな感じ？

……え？　なんだソレ？　不良か任侠《にんきょう》の世界？

「えっと……ちなみにシュゼル殿下は？」

さっぱり理解出来ないので、莉奈は宰相様の事を訊くことにした。

だって、強さに惚《ほ》れたから番にしてやる……なら分かるけど、ナゼにそこから戦うことになるのか、莉奈には分からない世界だ。

逆に弟のシュゼル皇子は、そんなバトルを繰り広げるイメージはまったく湧《わ》かない。ほのほの。ほのぼの、のほほ〜んとしているイメージである。

「……花だか果実だかを摘む場所が、あの白いのと同じで気が合ったとかなんとか……」

フェリクス王は話しながら、アホくせぇ……って表情《かお》をしていた。

うっわ……メルヘンだ……メルヘン過ぎる。外国の映画のワンシーンかってくらい、メルヘン。乙女チックともいう。アハハ、うふふの世界だ。

真逆過ぎる出会い方に、莉奈は遠い目をしていた。

かたや竜とガチバトル。かたや竜とお花畑なノリ。ナニこのギャップ。

エドくん。ガチバトルだけはヤメてね？

頑張って番を探しているエギエディルス皇子を、莉奈は祈る様な気持ちで見ていたのだった。

◇◇◇

「おぉ、リナ戻って来たか」

エギエディルス皇子を見ていたら、近くにいたゲオルグ師団長がこちらに気が付いた。

とっくに白竜宮に戻ったと思っていたが、そうではなかったらしい。

「どうしたんですか？」

「ロックバードを解体し終わったから、肉を持って行くだろう？」

「あ～。そんな事、すっかり忘れてました」

言われなかったら、普通に帰ってたよ。竜が番になったり逃げたり、色々あり過ぎて頭から抜けてたし。もう精神的に大ダメージを受けたので、部屋に戻ってゆっくりしたい気分だった。

気力を回復してくれる薬はないのかな。

「忘れないでくれ。皆が楽しみにしているんだ」

ゲオルグ師団長は苦笑いしていた。

ロックバードを口にする事が出来なかった者達は、今か今かと待ちわびているのだ。今日の夕食に出なかったら、ちょっとした騒ぎになるだろう。

「はぁ。楽しみなのはイイですけど、え？　ナニかな？　コノ……私が作る感じ」

皆の視線や空気、雰囲気がそうだ……と醸し出していた。

昨日《きのう》食べたニンニクのチキンソテーを、勝手に作って食べれば良くない？

昨日はなんか作る予定だったけど、今はそんな気分じゃないっていうか……。面倒ともいう。

「「「炊事長官以外に誰が作るんだ‼」」」

「誰が炊事長官なんだよ‼」

莉奈は間髪容れずにツッコんだ。

自分がボヤいていたら、ゲオルグ師団長だけでなく、アメリア達も熱く言ってきたからだ。

〝炊事長官〟が浸透しそうで怖いんだけど？　ヤメてもらっていいかな？

「炊事長官。俺、からあげが食いたい」

とりあえず竜はもういいのか、エギエディルス皇子が歩み寄って来た。

確かにロックバードのからあげは、絶品だったけど。君、口を開けば〝からあげ〟だね。

「炊事長官とか言うな。エボリューション隊長」

「エボ……隊長……」

もはや名前も敬称も違う。ツッコミどころ満載の莉奈に、エギエディルス皇子は笑っていた。

「からあげにエールか……」

フェリクス王が、顎《あご》を撫《な》でながら呟いていた。

先日食べたからあげを想像している様である。兄弟揃って〝からあげ〟かい。

弟と莉奈のやり取りは、もうこれが通常なのでどうでもイイらしい。

そして……酒ありきで、考えるのヤメて貰《もら》えますかね？

「ぁ〜……そうだ、チキンカツでもイイな」

莉奈は、フェリクス王のエールという呟きを耳にして、父を思い出していた。

ウスターソースとタルタルソースをたっぷりつけて、ものスゴくご機嫌で食べていたな……と。

ウスターソースは作るのは面倒だけど、タルタルソースなら割りと簡単だしイイな。想像すると莉奈は口の中が、チキンカツモードになり始めていた。

エール（ビール）といえば、やっぱり揚げ物。お父さんは、カツやからあげと合わせて良く食べていた。まぁ、鉄板は〝からあげ〟だったけど。

「「チキンカツって？」」

エギエディルス皇子やゲオルグ師団長達が聞いていた様だ。

「……はぁ」

莉奈はため息が漏れた。

この国の人達は皆、耳がイイのか私の呟《つぶや》きが大きいのかは知らないけど……ほっとかないよね。

「鶏肉《とりにく》にパン粉を付けて揚げた物」

ザックリ言うと、そんな感じでいいハズ。

「〝パン粉〟ってなんだ？」

ゲオルグ師団長が皆の代表として、声に出していた。

「パンの粉？」

クズではないし、説明が難しい。

「「「粉？」」」

その説明ではやっぱり分からないのか、皆は首を傾《かし》げていた。

莉奈はどう説明したものかと、考えていく内にチキンカツの世界に入ってしまっていた。

「あ～。粉チーズをパン粉に混ぜてもイイな」

チーズの風味がついて衣にコクも出る。さっぱりしたササミを揚げる時なんかは入れた方が好き。

「チーズ挟んでも美味《おい》しいよね」

むね肉は、コクのあるチーズを挟んで揚げればパサパサ感が気にならない。逆にモモ肉よりチーズと合う。

「パセリとかバジルを合わせても……」

莉奈はさっきまで作るのが面倒だったが、すでに口がチキンカツを求めていた。どんなチキンカツにしようか悩む。

そう……疑問を浮かべている皆を、完全に忘れておいてけぼりである。

「お〜い？」

一人チキンカツの世界に入ってしまった莉奈に、エギエディルス皇子が苦笑いしていた。先程までやる気がなさそうだったから余計である。

だが、莉奈は何も聞こえていないのか、ブツブツ言いながら白竜宮に向かい歩き出した。そんな彼女を見ていたエギエディルス皇子達は、小さく笑うのであった。


作る気分じゃなかったのに、気付けば何故か作るモードになってしまった。莉奈はどうしてこうなった？　と一人大きく首を傾げていた。

肉を貰って、王宮で作るつもりだったのだけど、ゲオルグ師団長達がコッチで作って行け……と言うので今は白竜宮の厨房《ちゅうぼう》にいる。

莉奈が王宮に戻ったら皆に教えたりした後なので、こちらが後回しになるから嫌なのだろう。

「リックさん、マテウスさん大丈夫？」

白竜宮に呼び出された、リック料理長とマテウス副料理長がクラクラしていた。

フェリクス王兄弟が王宮に戻る時、エギエディルス皇子が後でまた教えるのは二度手間だろうと、

気を利かせてコッチに呼んでくれたのだ。

しかも馬では時間が掛かるとの事で、瞬間移動《テレポート》を使って呼んでくれた。なので、瞬間移動《テレポート》酔いしているみたいだった。

エギエディルス皇子は、後で迎えに来てくれると言っていた。

……けど、この調子ではリック料理長達は、帰りは馬か徒歩かな？

「大丈夫ではない」

「ムリ」

ウプウプいいながら、口を押さえスライムのゴミ箱に向かって行った。慣れないと大概はこうなるとか。

二人揃《そろ》ってゲーゲー吐いている。悪酔いしたのだ。災難である。

まぁ……それをただ受け止めるしかないスライムも、災難といえば災難だけど……。なんかゴボゴボいってるし。

「リンゴジュースでも飲む？」

莉奈はリンゴジュースをサクッと作り二人に勧めた。

気持ちが悪い時は、酸味のある物を飲めば多少は落ち着くからだ。

「「ありがたい」」

口を濯いだ二人は、莉奈からリンゴジュースを受け取ると、ゴクゴクと勢い良く飲んでいた。

リンゴを生搾りした後、ハチミツと水で味を整えただけの簡単なジュースだけど、意外に美味しいのだ。もっと甘みの強いリンゴなら、ハチミツもいらないのだろうけど。

「ぷは～生き返った」

マテウス副料理長が、ホッとした様な声を出していた。気分も落ち着いたみたいだ。


「さて、どうしようかね～」

そんな二人を横目に、莉奈は腰に手をあてた。

チキンカツは決定してはいるけど、なんかもう一品作りたい気分であった。

だけど、難しいのはパスしたい。では何にするか？

「チキンカツとかいうのじゃないのか？」

少し元気になったリック料理長が訊《き》いた。

確かそんな話をしていたハズだった。

「それは作るけど……なんかもう一品作りた——あっ、ナスがあるじゃん」

冷蔵庫やら食料庫を開けていたら、ナスが大量にあった。

日本のナスより少し長い。黒々としていて張りがあり実に美味しそうである。

「ナスねぇ。俺は正直あんま好きじゃない」

副料理長のマテウスが渋い顔をした。味を思い出したみたいだ。

「スープに入れても、味は染みないしな」

「油で焼くとベシャベシャするし」

ナスと聞いて厨房にいるナスが苦手な料理人達が、ブツブツ言い始めた。

どうやら、苦手な人が多いらしい様だ。味や食感自体が嫌いな人もいるけれど、話を聞く限り調理方法にも問題がありそう。

ただ、スープに入れただけでは味が染みにくい。焼いただけでは淡白過ぎる。揚げ焼きにしただけでは、ベシャベシャになる。素材を生かしきれてないのかも。

「ふ～ん。鶏《とり》の油で焼いたりすればコク旨だし、トマトと合わせてグラタンやスパゲティーに……あ～、揚げ浸しにしよう」

そんな料理人達をよそに、莉奈は思い付き手をポンと叩《たた》いた。

グラタンは面倒くさいし、スパゲティーにしたら麺《めん》から作るハメになる。まず論外である。なら、簡単で美味しい揚げ浸しにしようと考えた。苦手なら食べなければイイ事だしね。

「揚げ浸し？　揚げてから、何かに浸すのかい？」

リック料理長が訊いてきた。そのままだから、安易に想像出来た様である。

「だね～」

莉奈は冷蔵庫や棚から、必要な材料や調理器具を用意する。

何度見ようが残念過ぎる事に醤油《しょうゆ》や味醂《みりん》がない。魔法でどうにかならないのか‼　と莉奈は思ったが、ない物は仕方がないので洋風の揚げ浸しにする。

「とりあえず。ナスはヘタを取って半分に切る。で、格子状に切り込みを入れて、食べやすい大きさにする」

莉奈は、ナスに深さ数ミリ程度の切り目を、縦横と格子状に入れ下処理を始めた。いつも通りに見本用に先に作って見せるためだ。

「格子状に？」

そんな事は普段しないのか、疑問の声が上がる。

「飾り包丁といって、こうすると良く味が染みる」

莉奈は一つ摘まんで皆に見せた。

これをやっておくと、切り目から油が入り火の通りも早い。見た目も良くなるし良いことずくめだ。家庭じゃ面倒くさいから滅多にやらないけど。やるのは料理人達だしやらせる。

「「「へぇ～」」」

感心した声が小さく上がった。

〝へぇ〟なんて感心しているけど、何百とこれをやるのは地獄でしかないと思うよ？

「ナスは……」

鍋《なべ》に油を入れて……と言おうとしたら、片隅にある調理器具に莉奈は目を奪われた。

マジか。フライヤーがある‼

揚げ物を一度に大量に揚げられる、フライヤーだ。以前見た時には無かった気がする。莉奈は思わず二度見していた。

それは紛れもなく、揚げ物をやるお店にはもれなくある、フライヤーであった。

「からあげのために、用意したんだよ」

ここの料理人サイルが、ニコニコ嬉《うれ》しそうに笑った。

どこでもからあげは大人気なのか、大量に作るそうだ。だが、鍋で揚げるには限界もある。何か方法がないかと編み出したらしい。

「すごっ」

からあげのためって！

食べ物への執着のおかげで、色々な調理器具を作り出す皆には感心と尊敬の念を抱く。もれなく呆《あき》れもついてはくるけど。

「温度調節も出来るよ？」

サイルは楽しそうに説明をしてくれた。

オーブンもそうだけど、火の魔石を何個か使う事によって、火力調節が可能になっているらしい。

何この便利魔法。莉奈はマジマジと見ていた。

「リナ。フライヤーはイイからナスは？」

マテウス副料理長が笑っていた。莉奈が調理も忘れ、フライヤーに釘付《くぎづ》けになっているからだ。

「フライヤー‼」

名称も日本と変わらないとか、何この異世界‼

莉奈は別の感心、感動に浸っていた。

王宮の方にも、今朝《けさ》搬入したらしい事を知り、莉奈がさらに感心するのは後の話である。


フライヤーはさておき、莉奈は揚げ浸しの材料を取りに酒倉に向かい、あるお酒を持って来た。

「んん⁉　リナ。カクテルも作るのか⁉」

莉奈が酒倉から酒を持ち出した事で、厨房がにわかにざわめく。

「作らないよ」

酒＝カクテルではないのだ。莉奈は瞳《ひとみ》をキラキラさせた皆には、呆れしかなかった。

この国、〝最強のボス〟を筆頭に、本当にお酒好きが多い。酒豪が多いといってもいい。

お国柄なのかな？

「でも〝ウォッカ〟だよね？　それ」

マテウス副料理長が、なんだか嬉しそうに訊く。

酒好きにとっては、お酒が使われている料理、ってだけで嬉しいのかもしれない。

「ウォッカだね～」

でも、残念だけどカクテルは作らんよ。

「何に使うんだ？」

リック料理長が代表者の様に疑問を投げ掛けた。

「揚げ浸しに使うよ？」

莉奈はそう言いながら、香草《ハーブ》を用意しみじん切《ぎ》りにしていた。

香草は好みだから何でもいいけど、今回はパセリ、ディル、セルフィユの三種類にする。

「香草も？」

「香草も」

香草嫌いの人には、嫌がらせの様な味になる。だって、香草の香りが引き立つ料理だし。

好き嫌いがハッキリ二分する味になるのである。

莉奈はウォッカをバットに注ぎ、切った香草を入れて浸し準備しておいた。

「ん？　一応訊くけど。このナス……出来たら味見とかしたい感じ？」

莉奈は、一応念のために訊いておく。

揚げ浸しだから、揚げてから数時間は浸したい。なんなら一日くらい。

でも、そんな雰囲気は一切ない。飢えた獣の目をした皆様がいたからだ。

「「「「イエッサー‼」」」」

莉奈が振り返れば、手足を揃え一同キレイに敬礼してくれた。

「…………」

莉奈は、アハハと乾いた笑いしか出なかった。

ダメだこりゃ。これは……別の方法に変えよう。暢気《のんき》に浸している場合ではなかった。

「本来、揚げ浸しだから……香草に数時間か一日は浸けるのだけど……」

待てが出来ない様子なので、違う方法にする。味の染み方が違うけど、仕方がない。

「炒《いた》めて、蒸し焼きに変更する」

「蒸し焼き……でも、本来は浸けるんだな？」

真面目《まじめ》なリック料理長は、本来のやり方も知りたい様だった。

「そうだね。その方が味が染みてしっとりとする」

そう、味が馴染《なじ》んで落ち着くのだ。調味液のトゲトゲしい感じがなくなりまろやかになる。

「次回はそうしよう」

細かく説明すると、リック料理長は大きく頷《うなず》いた。

さすがに、彼もこの雰囲気では〝今〟とは言えないらしい。

「とりあえず。浸けた香草はほっといて、ナスをたっぷりの油で焼く」

莉奈はフライパンに油をヒタヒタに入れると、刻んだニンニクを入れた。それから、フライパンの油を火で温める。でないとニンニクがあっという間に焦げるからだ。

「あ～ニンニクの良い香り～」

誰かが鼻をスンスンさせてポソリと言う。

ニンニク好きには堪《たま》らない、良い香りが厨房《ちゅうぼう》に広がったからだ。

「ニンニクの匂《にお》い堪らないよね～」

莉奈は笑いながら、ナスをフライパンに投入した。

ナスと油のコンビネーションは最強。スポンジが吸うように、ナスがドンドン油を吸収していく。

ナスは程よく油を吸うと、柔らかくて美味《おい》しくなるのだ。味噌汁《みそしる》やカレーライス、スープに入れる時も、この揚げ焼きにしてから入れるとワンランク上がる。

ホント一手間ってスゴい大事。やるとやらないでは大違いである。面倒だから、あまりやらないけど……ね。

「ナスに火が通って柔らかくなったら、さっき作ったウォッカの香草浸けを入れる。アルコールが飛んだらコンソメスープを投入」

ウォッカの香草浸けを入れた途端に、ジュッっと油を弾く音がしてお酒の香りが充満する。飲んべえ共がゴクリと喉《のど》を鳴らした。

「コンソメスープを入れるのか」

リック料理長がフンフンと大きく頷いていた。

「味のメインはコンソメ。香草とウォッカは香りづけかな？」

以前作った家庭で作る簡単コンソメなら、塩気は少ないから塩を入れた方がイイ。だけど、これは本来のコンソメスープ。

だから塩は入れなくても別に構わない。他国には豚や牛が少なからずいるのか、廃棄する骨なんかはタダ同然で貰《もら》える様だった。だから、牛を使ったビーフブイヨンもそのうち作れる様になると思う。

そうそう、エギエディルス皇子とお酒の苦手な人達には、香草のみかコンソメスープのみにして別に作っておかないと。

いくらアルコールが飛ぶといっても、香りはあるからね。苦手な人達には、飲んべえとは違った意味で堪らないハズ。

「で、彩りも兼ねてミニトマトを最後に入れて、蓋《ふた》をすること二、三分で出来上がり」

ミニトマトがあった時には少し驚いたけど。

先程訊《き》いたら作る地域の特徴もあって、野菜や果物もやたら大きい物も小さい物もあるとか。お化けカボチャとかお化けニンジンとかもあるらしい。とにかく大きいのはもれなく〝お化け〟が付くみたいだった。

小さいのは〝ミニ〟とか〝マイクロ〟とか付くのかな？

向こうの世界でも似たのがあったけど、異世界もスゴく面白い。

「味見だ～っ‼」

出来上がりと言ったものだから、料理人の一人が拳《こぶし》を高々と挙げた。食べる気満々である。

「「「「おーーっ‼」」」」


同じ様に拳を掲げ、追随する皆。メインでもないのに、スゴい盛り上がりである。

王宮の皆様は、大人《おとな》しい方《ほう》だったみたいである。

莉奈は、なんだか楽しそうな皆に笑うのであった。


「美味しい‼」

「ナスに味が染みてウマイ‼」

「トマトが甘〜い」

味見をし始めると、あちらこちらと声が上がった。

良かった。火の通ったトマトは意外と好評みたいだ。火が通ったトマトが苦手な人もいるから、内心ドキドキしていたけど、大丈夫そうだな。

まぁ……元からダメな人は避けてるけど。だって、味がダメな人はどうにもならないよね。コレまんまだし。トマトソースやケチャップなら大丈夫なのかな？

ちなみに、お母さんは生のトマトは苦手だったけど、ベーコンを巻いて焼いたミニトマトは好きだったんだよね。訳がわからん。

ナスは……あれ？　あれだけ騒いでいたのに皆美味しいって食べてる。

ん〜？　調理方法次第で、意外と食べられるのかもしれない。

「なんか身体《からだ》がポカポカしてきた」

リック料理長が、ぽやぽやと呟《つぶや》いた。

そうなのだ。肉厚のナスに、酸味の利いたトマトがアクセントになって、とても美味しい……が、アルコールを飛ばしているとはいえ、お酒が使われているから、食べると身体がポカポカと温まる。

「お酒を使っているからね？」

そう笑いながら莉奈は、ウォッカなしの方を味見する。

う〜ん、美味しいには美味しいけど……味の染み具合がイマイチだ。もっと浸けておきたい。

「はぁ。酒が飲みたい」

マテウス副料理長が、ボソリと呟いた。

身体がポカポカしてきて、なんだか気分が良い様だ。疑似的にも酔っているのかもしれない。

……ん？

あれ？　アルコール、飛ばすのが弱かったのかな？

莉奈は首を傾《かし》げた。味見をした訳ではないので、しっかりアルコールが飛んだのかはさっぱり分からない。

「後は、ウォッカでなんのカクテルを作るんだ？」

「は？　作らんし」

嬉々《きき》として訊いてきた料理人は、もれなくブッタ切る。

何を言ってくるのかな？

「……チッ」

料理人は舌打ちをした。間違って莉奈が、ノッてくると思ったらしい。

そんなアホな手にノッたりしないぞ？

「……ぁ」

アホな事を言い出す人達が増える前に、作業に取り掛からねば。そう思いナスやコンソメスープを見た時、ふと面白い事を思い付いた。

「カクテル飲みたい人～!!」

莉奈は、内心ほくそ笑みながら挙手を求める。誰かに一度、飲ませてみたいカクテルがあったのだ。お酒の飲めない自分では味見が出来ないから、美味しいのかどうか是非とも試飲して頂きたい。

お父さん、お母さんは、自分で作って飲んで「ないわ～」ってボヤいていたけどね。

そんな企《たくら》みを知らない皆は……。

「「「「はいはいはい!!」」」」

挙手したもん勝ちだと言わんばかりに一斉に手を挙げた。

よしよし。予定通り皆の手が挙がったな。どうなるのか考えただけでも超楽しい。

「では、カクテルを作るので……皆さん一旦厨房《いったんちゅうぼう》の外へ出て行って下さ～い」

「「……え？」」

「皆さんには、ウォッカと何を混ぜたカクテルかを、当てて頂きたいと思います‼」

それらしい事を言って、皆を追い出しにかかった莉奈。作る工程を見られたら、絶対渋るのは分かっているし、面白くないのでいて欲しくないのが本音なのだ。

「面白ぇ！」

「楽しそうね」

「分かった～‼」

皆は莉奈に言われるがまま、実に楽しそうに廊下に出て行った。

知らないいって怖いね～？　おほほほほ。

莉奈は、皆が出て行ったのを見送りながら、ニヤニヤとした笑いが漏《も》れていた。

扉のガラス窓からも見ていない事も、しっかりと確かめる。覗《のぞ》かれたら、これからやる事がバレちゃうしね？

「リナ……何をするんだ？」

「おわぁっ‼」

背後に人がいたのに全く気付かなかった莉奈は、思わず半歩飛び跳ねた。何故か二人だけここに残っていた様だ。

「驚き過ぎじゃない？」

料理人の女性が笑っていた。

「あれ？　アッチに行かないの？」

冷静さを取り戻しながら、莉奈は皆が出た廊下を見て訊いた。

まさか、残る人物がいるとは思わなかった。

「だって、お酒飲めないも～ん」

「なぁ？」

二人は仲良く顔を見合わせ、ねぇ？　と首を傾げた。

どうやらこの男女二人だけは、お酒を全く飲めないらしい。だから、莉奈の作る工程を見る方が面白そうだと残った様だった。

「まぁ……いいけど。これから作るカクテル……特殊だから、バラさないでね？」

莉奈は二人に、コソリと口止めをした。騒いでバレてしまっては、皆を追い出した意味がない。

「「ほ～～い」」

二人は楽しそうに頷いた。

莉奈は二人の言質をとったので、廊下にはバレない様にコソコソと作り始めた。

「え？　そんなの入れるの⁉」

「いやいやいや。それ絶対遊んでるだろ？」

莉奈が作り始めると、一瞬だけ二人は唖然《あぜん》とした後、苦笑いしていた。

莉奈が混ぜているお酒やらを見て、カクテル作りではなく遊んでいると思った様である。

「いやいや、マジだから」

そう笑いながら、手は休めずさくさくと混ぜる。二種類のモノを混ぜるだけなので、このカクテルも簡単に出来上がった。

早速、おちょこみたいな小さなグラスに、味見程度に皆の分を注ぐ。

「それ、本当にカクテル?」

「遊んでない?」

にわかに信じがたい料理人は、苦笑いなのか面白いのか、複雑そうな表情で訊いてくる。

どう考えてもカクテルには思えないらしい。でも、自分が口にする訳ではないから、面白さの方が勝っている様子である。

「カクテル、カクテル」

莉奈は、意地悪そうな笑みが漏れた。特殊ではあるが、本当にあるカクテルなのだ。

別に遊んでいる訳では……ないよ?

今から皆が飲んだら、どんな反応するのかが楽しみで仕方がない。

——フッフッフッ。

莉奈の手伝いをかって出た二人は、莉奈の不気味な笑みに若干引いていた。そして、お酒が飲めなくて良かったと心底思うのであった。

そんな二人の心情を知らない莉奈は、ふとフェリクス王にこれを飲ませたらどうなるのかな？という考えが頭の端をチラリとよぎった。

――ブルッ。

想像しただけなのに身体《からだ》が震えた。

◇◇◇

「皆さ～ん。お待たせしました～」

莉奈が声を上げれば、皆わいわいガヤガヤと楽しそうに戻って来た。

何も知らないって、面白いよね？　莉奈はほくそ笑んでいた。

「うっわ。少なっ」

カクテルの入ったグラスを見た一人が、不満そうな声を上げた。一口二口分しかないからだろう。

「これだけの人数だし、まだ仕事中でしょ？」

それに、たっぷり飲める美味《おい》しさが、このカクテルにあるのだろうか？

「まぁ……うん。そうだよね」

「仕方ないか」

正論を言われ、皆は諦《あきら》める様にぼやいた。

ガッツリ飲めると思っていた辺り甘いよね？

「では、皆さん。ウォッカと何を混ぜたカクテルか当てて下さい」

莉奈は、ニヤニヤしそうな頬《ほお》をグッと抑え勧めた。

まだ飲ませてもないのに、皆の反応を想像すると笑いが込み上げてくる。

「リナ。ナニその笑い」

不気味な笑みが漏れてしまっていたのか、リック料理長が苦笑いしながら訊《き》いてきた。

「皆……お酒好きなんだなぁ～って？」

莉奈は慌てて顔を引き締め、今度はニコリと笑っておく。

ヤバイヤバイ。面白過ぎて隠しきれてなかった……。

「好きだね～。リナにカクテルを教えて貰《もら》ってから、さらに飲む量が増えたしね」

リック料理長が嬉《うれ》しそうに答えた。なんでも、奥さんのラナ女官長と、毎晩の様に晩酌を楽しんでいるらしい。ラナも何気に酒豪だよね。

「ふ～ん？　二日酔《ふつかよ》い――」

――ぷふっ。

二日酔いとかは大丈夫なの？　って訊こうとしたら、話しながらカクテルを口にしたリック料理長が噴き出した。

「……げっほっ……ごほっ」

噎《む》せている。カクテルの味が想像していた味とまったく違い、不意打ち過ぎて噎せた様だ。

「ぶふーっ」

カクテルを口にした何人かも、もれなく同じ様に噴き出していた。

噴き出したり、噎せてたり、二度見したり、唸《うな》ったり……。

どんな味がするか知らないけど、美味しい物ではない様である。

「な……なんだコレ⁉」

マテウス副料理長が、目を丸くしながらグラスを二度見していた。

「リ〜ナ〜？　お前ナニ入れたんだよ⁉」

そして眉《まゆ》をひそめ、莉奈を問い詰めた。

莉奈の作ってくれるカクテルは、今までどれも美味しかった。だから、何一つ不審がる事はなく口にしてきた。きっと今回も美味しいだろうと、疑う事もなかった……のだが、ナニかが違った。

確かにお酒だが……オカシイのだ。

アハハ……マジで面白い。

莉奈はお腹《なか》を抱えて笑うだけでなく、目から涙まで出していた。お腹が捩《よじ》れる〜‼

そんな莉奈の様子を見て、皆は確信した。絶対ナニかしでかしてくれた……と。

「「「「リ〜〜ナ〜〜‼」」」」

全員から訝《いぶか》しげな目で見られ、追及されたのは云うまでもない。

笑って済まされる訳もなく。皆からは逃げられない様に囲まれ、尋問されるのである。

「ナニって、それを当てるのがゲームでしょ？」

と、言ってみれば――

「〝ゲーム〟って何だよ？」

と返ってくる。

「遊び？」

莉奈は首を傾《かし》げたものの、口からは笑いが込み上げる。

「「楽しんでるのお前だけだろう!?」」

皆は苦笑いしながらも、正論を返してきた。確かに、現時点では誰《だれ》も楽しんではいない。

「まぁ……不味《まず》くはないけど」

ダレかが、そのカクテルを味わって呟《つぶや》いた。全員が全員不評という訳ではない様だ。

「ウマイかマズイかは、ともかく」

「「ともかく!?」」

莉奈がそう言えば、ともかくって何だよ？　って表情の皆である。飲まされた人からしたら、ともかくでは済まないらしい。

「それ。マジで一応カクテル。〝ブル・ショット〟っていうんだよ」

アレンジはしてあるけど、本当にあるカクテルなのだ。

「「ブル・ショット？」」

莉奈に本当にあるカクテルと聞き、皆はグラスに残っていたカクテルを再び口にした。

莉奈が苦し紛れで、デタラメを返した様には思えなかったからだ。

「ねぇ。なんか……この味……飲んだ事がない？」

味わってみた誰かが、ボソッと言った。

飲んだ事がない味ではないのだ。なんなら馴染《なじ》みがある味がする。

「ん？　本当だ。なんだろ……これ」

「ニオイは……酒が強いけど」

「あれ？　なんか……今朝《けさ》……飲んだなこの味」

色は琥珀色《こはくいろ》。ベースはウォッカ。眉間《みけん》にシワを寄せながら、各々記憶を頼りに味を探している様である。味わえば味わう程、どこかで飲んだ事がある味だった。

「なんか……浮いてないか？」

「……え？　うそ⁉　油⁉」

「なんで、酒に油なんか入っ……鶏《とり》？」

カクテルに入った何かに、うっすら気付き始めた様だ。莉奈は一緒に作った料理人と目が合い笑った。案外分かるものなんだな……と。

「リナ……これ、まさか……」

リック料理長が正解にたどり着いた様である。

「鶏のコンソメスープで〜す」

莉奈は笑いながら正解を言った。

「「「「コンソメスープ――――っ⁉」」」」

答えを言えば、薄々感づいていた人も驚愕《きょうがく》していた。

まさか……とは思いながらも、やっぱり信じられないみたいである。お酒と、お酒あるいは果汁を混ぜた飲み物がカクテルと聞いていたから、余計みたいだ。

お酒とスープなんかを混ぜた飲み物を、見ても飲んでも頭が全然理解してくれない。

莉奈は眉を寄せまくっている皆を見て、再び笑った。

「さっきも言ったけど、それ〝ブル・ショット〟って言って本当にあるカクテルなんだよ。お好みで胡椒《こしょう》とかタバスコっていう辛い調味料を入れたりもする」

「「「はぁ〜〜？」」」

皆はさらに目を丸くさせていた。

本来なら〝ブル〟という名の通り、ビーフブイヨンで割るのが正式な作り方。だけど、牛から作ったブイヨンがここにはない。だから、鶏のコンソメスープで代用してみた。

ちなみにお父さんは、とんこつ味のインスタントラーメンを食べた後、残り汁で割り〝ブル・ショット〟ならぬ「ピッグ・ショット」とか勝手に命名して飲んで……。「くそマズッ」って盛大に噴き出していた。みじん切りのネギが浮いたカクテルが、ナゼ美味《おい》しいと思ったかな？　お母さんと弟と一緒に呆《あき》れた覚えがある。

「まぁ……これはコレでありか？」

マテウス副料理長が首を傾げながらも呟き、タバスコがあるのか棚から出し数滴落として飲んでいた。

そんな彼を見て、皆が瞠目《どうもく》したのは云うまでもなかったのである。

◇◇◇

「あ～面白かった」

莉奈は、ものスゴく満足すると、チキンカツ作りに入る事にした。

こんなにも皆が、反応してくれるとは思ってもいなかった。作った甲斐《かい》があるというものである。

「面白かったのリナだけだから……」

一人ご機嫌で鼻歌まで歌う莉奈に、リック料理長はため息混じりに言った。

ついさっきまで、新しいカクテルが飲めると喜んでいた自分が情けない。

「ラナに飲ませてみたら？」

と莉奈は提案してみた。仲良く晩酌をする仲なのだから、試してみればいいのでは？　……と。

「……孫の顔を拝みたいんだけど？」

リック料理長は、ナゼかブルッと震えた。微妙なカクテルを飲ませたら何を言われるか……。

「あ～ご愁傷さまです？」

なんとな～く想像出来た莉奈は、察し頭を下げた。ベーコンチーズパンの時に、気付いたパワーバランスを思い出したのだ。リックよりラナといった力関係だったな……と。

「他人事《ひとごと》だと思って……」

莉奈が頭を下げてきたので、リック料理長は空笑いしか出なかった。飲ませてもいないのに、ナゼ背筋が凍るのだろうか？

「アハハ……良好な夫婦関係のために、なんか美味しいカクテルでも伝授してあげようか？」

なんかどんよりしたリック料理長が、可哀想《かわいそう》になり莉奈は提案する。楽しめたからお礼ともいう。

決して罪滅ぼしではない。

ラナ女官長にはお世話になっているしね？

「えっ⁉　本当か⁉」

項垂《うなだ》れていたリック料理長は、ぱぁっと一気に顔を上げた。

自分も飲めるかもという願望もあるが、奥さんが喜ぶ顔を想像したらなんだか嬉しかったのだ。

「「ズルイ‼」」

対照的に関係のない人達からは、ブーイングであった。

「はいはい。他の皆は分量教えるから後で〝ウォッカ・マティーニ〟でも作りなよ」

莉奈は苦笑いした。そうくるかな？　とは思ってはいたが実際そうきたからだ。

「え？　リナは何を作るんだ？」

マテウス副料理長が疑問を投げ掛けた。

〝他の〟て言ったのだから、莉奈は別の何かを作るという事なのだろう。

「ウォッカ・アップルジュースに必要なリンゴジュース」

さっき、リック料理長達に作ったリンゴジュースと、ただ割るだけの簡単カクテルである。

ジュースで割るからスゴく甘いし、ラナ女官長は好きそうだと思ったからだ。

「え？　何それ」

料理人サイルが興味津々そうに訊いてきた。

「さっき、リックさん達に作ったリンゴジュースと、ウォッカを混ぜるだけのカクテル」

へぇ……と頷《うなず》くサイルの後ろから「えー。なんか皆だけ、ズルくな～い？」と不満の声が聞こえた。その声の主を見れば、先程お酒を飲めないと言って残っていた二人だ。不公平だと言いたいらしい。

「お酒飲めない二人には、リンゴジュースを作ってあげる」

お酒をまったく飲めないのなら、つまらないだろうし……確かに不公平である。そう思った莉奈は二人には、リンゴジュースを作ってあげる事にした。

「「やった〜!!」」

途端に二人はハイタッチをして、大きく喜んでいた。何もないと思っていたから嬉《うれ》しさもひとしおである。

◇◇◇

「はい、リンゴジュース。ラナと好みで割って楽しんで？」

さっきと同じリンゴジュースを作ると、まずはお酒を飲めないと言った二人に。後は、空瓶に入れてリック料理長にあげる事にした。

もちろん、エドと自分のもついでに、作って取っておくのも忘れなかったよ。

「え？　……分量は？」

リック料理長が疑問の声を上げた。

伝授すると言ってくれたハズなのに、分量も言わないだけではなくリンゴジュースだけ渡されたからだ。なんなら、いつもは混ぜてくれるのに、ナゼ今回はお酒と混ぜてくれないのだろう。

「これは適当で大丈夫。自分の好みでどうぞ」

リック料理長の少し唖然《あぜん》とした顔に笑う。

これは、めずらしくレシピが適当なカクテル。だから、夫婦で好みを追求すればイイ。ジュース多めか、お酒多めか。

うちの両親も自分の好みで割っていたから。あぁでもない、こうでもないと夫婦で試すのは、きっと楽しいハズ。

「え？　適当でイイのかい？」

「うん。適当」

莉奈が改めてそう言えば、リック料理長は感心した様に頷いていた。適当なモノもあるのかと。

「オレンジとか、他の果汁で割っても美味しいよ？」

お母さんがそうしていたから、美味しいんだと思う。夏になるとかき氷のシロップで割ってたしね。好みの果汁やジュースで割って楽しむのも、カクテルの醍醐《だいご》味《み》なのだ。

ちなみに、オレンジジュースと割っても〝ウォッカ・オレンジジュース〟という風にはならない。ナゼか〝スクリュードライバー〟というネーミングに変わる。リンゴジュースだけなんでそのまま？

父曰《いわ》く、油田で働いていた人達が、この飲み方を考えたらしいのだけど……。

その油田の人達が、首から〝ネジ回し〟を下げていた事から〝ネジ回し＝スクリュードライバー〟ってついたらしい。

じゃあナニかね？　首から〝たわし〟でも下げてたら〝ウォッカ・たわし〟とかにでもなっていたのかね？

ん？　違うか。英語だから〝スクラブ・ブラッシュ〟？

◇◇◇

だいぶ、面白い出来事に話が逸《そ》れてしまったが、本題のチキンカツに取り掛かる。

「材料はメインのロックバード。それを包んで揚げるための衣を用意する。卵、小麦粉……でパン粉」

卵と小麦粉をバットに用意したのだが、パン粉がない。だから作るしかない。

「パン粉って何？」

竜の広場でも誰かが言っていたけど、ここでも疑問が挙がった。

「いつも食べてるパンを……おろし器で粉々にしたモノ？」

と莉奈は、まだ作られている例の固いパンと、バゲットもどきを出してもらった。

「このパンをこうやって削る」

チーズおろし器があるので、それでパン粉を作る事にした。

日本と違って、チーズおろし器は縦に囲む様に四面付いていて面白い。粗めから細か目までおろせて便利だ。

「へぇ……〝チーズグレーター〟でパンをおろすのか」

リック料理長が感心した様に呟《つぶや》いた。

「へ？　なんだって？」

「〝チーズグレーター〟？」

「はぁ〜そういう名前」

〝チーズグレーター〟とかいうのか……これは。莉奈はチーズをおろすモノをマジマジと見た。

チーズおろし器はチーズおろし器としか、呼んだ事はなかったよ。キミにはそんな小難しい名前が付いていたのか。

莉奈は、オシャレな名前が付いていたおろし器を、再び見ながらパンをおろし始めた。

「せっかく焼いたパンをおろしちゃうのか……」

莉奈が、とりあえず固すぎるパンをガリガリおろしていると、後ろの方から悲しげな声が聞こえた。

「……うん……まぁ……そうだね」

言われてみればそうだ。あっちの世界ではパンも機械で大量生産だから、パン粉を作るのも苦ではないけど……。こっちではパン自体が大変な思いをしながら作る。

それを、粉々にするなんて贅沢《ぜいたく》の極みなのかもしれない。

「やめる？」

莉奈はおろす手を止めた。

そもそも、基本的に魔法鞄《マジックバッグ》でいつまでも保存出来てしまうから余分がない。

これから作る、パン粉の量を考えたらパンを作っている皆に、ものスゴく申し訳がなかったのだ。

今からなら、なんか別の料理に変えてもイイ。

「「「やめない」」」

食い気味に即答してくれた。苦労もさることながら、新しい料理への欲の方が大きいらしい。

「あぁ……そうですか」

食への探求心なのか、ただの食いしん坊なのかは知らないけど、その返答には思わず苦笑いが出てしまった。

「パンは、後でまた焼くからイイ」

「なきゃないでイイ」

莉奈が少し躊躇《ちゅうちょ》していたら、料理人達が気にするなと背中を押してくれた。正直複雑な感じだ。

パン作りの大変さは知っているから余計である。

そして、なきゃないでイイ……って、いいのかよ‼

「で、パン粉？　をどうするんだ？」

見本兼味見用の分のパン粉を作り終えたのを見計らってマテウス副料理長が訊《き》いてきた。

「ん〜と、まずは、鶏肉《とりにく》に塩。そんでもって小麦粉をまぶす。余分な粉を叩《たた》き落《お》としたら、卵、パン粉の順で衣をつける」

「「「へぇ～」」」

そう説明すると、皆は興味深げに頷いていた。

胡椒《こしょう》を振りかけられないのは致し方ないが、なければないで構わない。個人的な好みでいうなら、胡椒は食べる時に後からガリガリ削りたてをかけるのが好き。後がけの方が断然香りが良いし、なによりピリッとして美味《おい》しい。フェリクス王もこっちの方が好きだと思う。

「で、後は揚げるだけ」

と莉奈は例のフライヤーを見た。業務用なんて普段使う事はないから、自然と笑みが溢《こぼ》れる。揚げ物と聞いた誰かが、すでにスイッチをONにしておいてくれたのか油が温かい。出来る人達がいると、全然違うよね。

――ジュッ。

チキンカツを入れた途端、余分に付いていたパン粉が花火の様に広がった。そして、ゆっくりとジュワジュワ、チリチリと次第に揚がり始めると、イイ音と匂《にお》いが厨房《ちゅうぼう》を支配する。揚げ物の揚がる匂いには逆らえない人達の、生唾《なまつば》を飲む音だけが響く。

「それも二度揚げするのかい？」

真横で見ていたリック料理長もゴクリと生唾を飲みながら訊いてきた。

「これはしない。パン粉で揚げるとサクッとするから」

そんなリック料理長に笑いつつ、莉奈は答えた。

からあげは二度揚げした方が、カリカリして美味しいけど。カツは二度揚げはしない。

パン粉のおかげでサクッと揚がるからね。パン粉を二度づけするとさらにサクッとなると、聞いた事があるけど……面倒くさいからヤラナ〜イ。

「「「へぇ」」」

皆が感心した様に頷いた。

揚げ物のすべてを二度揚げする訳ではない。それにあった調理法があるのだ。まぁ、からあげも一度にではなく少しずつ揚げれば、二度揚げなんかしなくてもカリカリで美味しいんだけどね。


「揚がったのか？」

「揚がったんだよな？」

莉奈が、キツネ色に揚がったチキンカツをバットに乗せていると、背後でざわめき始めた。

揚がったけど、なんなんだろう？　この急《せ》かされ感。

チキンカツの乗ったバットを、まな板に持って行こうとすれば、皆が皆、背後霊の様に後をゾロゾロ付いて来る。

……え？　なにコレ。

背後霊も実際いたとしたら、怖いとかいう以前にウザそうだなと……こんな状況の中、莉奈は苦笑いしていた。

アレも一人だけ背後にいるから怖い訳で、こうやって何十人もゾロゾロ憑いていたら〝怖い〟より〝ウザい〟んじゃないかな？

まぁ……前にいたら前にいたで、もっとウザいけど。

そんなくだらない事を考えながら、揚げたてのチキンカツをザクザクと一口サイズに切っていた。

もちろん、皆の味見の分もね。

「ほい。とりあえず味見」

莉奈は切ったチキンカツを大皿ごと皆に手渡し、自分も早速揚げたてを一つ口に放り込んだ。

……モグモグ。

うっほ！　やっぱり、ロックバードの鶏肉……超美味しい‼

生パン粉と乾燥パン粉と、まぜこぜにしちゃったけど、カリッ・さくっ・ジューシーだ。

時間が経《た》つと、中から溢《あふ》れる肉汁で衣がしっとりしそう。それくらい、旨みエキスが溢れてくる。

「むふっ。うっま〜‼」

「んふーっ⁉　何コレ」

「はふっ。周りがサクサクしてて、中がジューシー‼」

「からあげとは違うけど、これはコレで美味しい‼」

「ウマイな。パン付けて揚げると、こんなにウマイのかよ！」

味見した人達は口に入れた瞬間から驚きの声を上げていた。

パン粉はサクッとしていて香ばしい。肉を噛《か》めばロックバードの旨みが溢れてくるのだ。噛み始めたら口を開くと、口の端から肉汁が垂れてしまう程である。

「ちょっと‼」

皆が歓喜の声を上げつつ、味見をしている最中に、誰かの手をパシッと叩く音がした。

「痛ぇな。余ってるんだからイイじゃねぇか」

不服そうな声が聞こえる。

どうやら余ったチキンカツを、口にしようと手を伸ばしたら叩かれたみたいだ。

「良くねぇよ。余ってるからって勝手につまむなよ」

「そうだよ。皆だってもう一つ食べたいつーの！」

「自分勝手は良くない」

「「「そうだそうだ‼」」」

叩いた料理人の言い分に、賛同した人達が次々と追随する。

一口カツではなく切り分けたカツだったためか、皆が取った後に何個か余っていたらしい。それを真っ先に食べ終えた人が、シレッと掠《かす》め取ろうとした事でモメ始めていた。

はぁ……すぐモメる。

莉奈は子供の様にモメる人達を横目に、大皿に余っているチキンカツを小皿に手早く移した。そして、自分の魔法鞄《マジックバッグ》にしまう。

あるからモメる訳で、ならばなかった事にすればイイ。

「「「……え？」」」

無言で残りをしまわれた皆は、皿と莉奈を交互に見ていた。

え？　しまっちゃうの？　くれないの？　と。

「はいはい。味見はおしまい。チキンカツとナスの揚げ浸しに分かれて、とっとと作業に入る」

そんな皆の視線をものともしない莉奈は、手をパンパン叩き作業に促した。作ればある訳だから、ジャンケンをするにしても時間の無駄だ。

そんな事をしてる間に、近衛師団兵が来てしまったら、余計に面倒である。

「「「うぃ――す」」」

なんだか納得がいかない気もするけれど、莉奈に逆らえない皆は渋々作業に入る事にした。


「じゃ。皆が作業にあたってる間にリックさん、マテウスさん。後はこっちの料理人の六名は、マヨネーズとタルタルソース作りを覚えて貰《もら》います」

莉奈は数名をマヨネーズとタルタルソース作りに集める。

マヨネーズだけでもイイけど……チキンカツと云えばタルタルソースかな？　と個人的には思う。

出来れば醬油《しょうゆ》やソースもあればイイのだけど、ないものは仕方がない。

「「「マヨネーズ？　タルタルソースって？」」」

やっぱり疑問の声が上がった。

マヨネーズもないのだから、タルタルソースは当然知らないよね。

「う～ん。説明が難しいけど……卵と油とお酢で作るソース？」

まんまの説明しか出来ない。近い物がないからだ。

「ドレッシングみたいな物かい？」

リック料理長が訊いてきた。そう、この世界……お酢と油で作る簡単ドレッシングはあるのだ。

だけど、マヨネーズはドレッシングではない。

「違うよ？　う～ん、説明が難しいからまずは作ってみせるよ」

これしかない。格闘家が拳《こぶし》で語るなら、料理人は料理で語ればイイ。

……まぁ。私は、料理人じゃないけど……。


「マヨネーズの材料は、卵、油、お酢、で最後に味を調える程度の塩で作る」

莉奈は冷蔵庫や棚から材料を取り出し並べた。卵は浄化魔法はかけてあるそう。莉奈がチョイチョイ生卵を使う料理を作るので、あらかじめかける様にしたらしい。

マヨネーズの材料は家庭にある物で出来る。ただ、後は面倒くさい作業があるのみ。

手作りマヨネーズなんて久々で少し緊張する。あっちの世界ならマヨネーズを作るためだけのグッズもあるから、面倒な作業はほとんどないけど……。

あ～あ。手を翳《かざ》したら魔法で〝マヨネーズ〟が出来ないのかな？　チャッチャチャーン……って？

「リナ……何をやってるんだ？」

願望が思わず行動として出ていたのか、莉奈は材料に向かって手を翳していたらしい。

リック料理長達は、怪訝《けげん》そうな顔をしている。

「魔法で簡単に出来ないかな……と」

「ぷっ……マヨネーズを作る魔法ってなんだよ？」

マテウス副料理長が失笑する。莉奈の発想が面白すぎるのだ。

「氷を作るみたいに、手を翳すとマヨネーズが出来る」

「手を翳すと⁉」

マヨネーズが何かは知らないが、調味料が魔法で？　リック料理長も堪《たま》らず吹き出した。どんな魔法なのか訊きたい。そもそも、そんな魔法があったとして、料理以外になんの得があるのか。

「親指は醤油、人差し指は味噌《みそ》、中指はマヨネーズ、薬指はケチャップ、そして小指はソース」

それが魔法で出てきたら、超便利だ。中指と薬指の指二つでオーロラソースが出来る。

〝オーロラビーム〟なんつって？

「はぁ……4属性の魔法を持つより、そんな魔法が貰えれば良かったのに……」

莉奈はブツブツ文句を言っていた。

「「「………」」」

皆はもはや、莉奈が何を言っているのか分からなかった。

調味料の話をしているのは、なんとなく分かる。だが、指から何故《なぜ》そんな物を出したいのか、どうしてそんな魔法を欲しがるのか。そして、そんな魔法がなんの役に立つのか……。

魔法が4属性も使える方が、どんなにスゴい事なのか。皆は莉奈に苦笑いしか出ない。

ブツブツ言っても、手を翳してもマヨネーズは出来ないので、仕方なく人力で作る事にする。

「まずは、卵は卵黄だけしか使わないから、卵黄と卵白を分ける事から始めるよ～」

莉奈は泣く泣く諦《あきら》めて、ボールに卵をカパカパと割り卵黄と卵白に分けていた。

指からマヨネーズが出る魔法を、シュゼル皇子が研究してくれればイイのに……とため息が漏れた。

だが……そんな魔法が開発出来るのなら、彼は調味料なんか出さない。他に絶対に出すモノがあるからだ。そう、出すならきっと……生クリームやチョコレートを出すに決まっている。

……もう……なんでもイイから開発して～!!

莉奈は、ここにはいない宰相様に、勝手な願いを懸けながら作業していた。

「卵黄だけしか使わないのか？　卵白は？」

ボールに卵黄と卵白を分けているのを、疑問に思ったリック料理長が訊《き》いた。

「使わないからスープとか、お菓子に使えばイイんじゃない？」

マヨネーズは濃厚クリーミーにしたいので、卵黄しか使わない。

卵白は泡立ててスープに入れても、フワフワ食感で面白いし、オムレツにしても楽しい。

メレンゲにしたりしてお菓子に良く使う材料だから、取っておいても損はない。

そのままで保存が出来る魔法鞄《マジックバッグ》は、本当に便利である。

「「「お菓子‼」」」

皆は、スープでなく〝お菓子〟に食いついた。なんか知らないが嬉々《きき》としている。

だから、言い直した。お菓子なんか作らん。ついつい余計な事を言ってしまった。

「スープに・入・れ・る‼」

「「「お・菓・子‼」」」

もう、何を言ったところで誤魔化《ごまか》せないらしい。スープよりお菓子が気になって目がキラキラしている。

「次に卵黄に塩とお酢を入れて、良く混ぜる」

莉奈はガン無視した。

だって、シュゼル皇子じゃないから怖くないもんね。そんな目で見られたって全然気にならな～

い。ホホホのホ。

莉奈は皆の視線を無視し、ボールに分けた卵黄に塩とお酢を入れてグリグリ混ぜていた。卵白は魔法鞄《マジックバッグ》にしまっておいたけど。

「え〜お菓子〜」

ブツブツ誰かが口を尖《とが》らせていた。お菓子と聞いて、頭がお菓子の事でいっぱいみたいだ。

「お砂糖だってそんな使えないでしょ？」

それらしい事を言って、諦めさせる事にした。

お菓子なんて煎餅《せんべい》とかポテトチップスとかでもなければ、ほとんどの物が砂糖を使う。作るのも1人2人分ではないし、桁《けた》が違う。洋菓子なんか作るとしたら、砂糖なんかどっさり必要だ。

「「砂糖いっぱいあるよ？」」

誰かが嬉《うれ》しそうに言った。作るなんて言ってないのに、砂糖がたっぷりあれば作ってくれると、都合のイイ方向に考えた様だ。

「え？　いっぱいあるの？」

莉奈はいっぱいあると聞いて、思わず振り返った。

高価だから王宮の方でも、そんなにたくさんはないのに。

「軍部の人達、全然使わないから配給されたまま残ってるよ？」

軍部の料理人サイルが、ニコニコしながら教えてくれた。

話を聞いてみると甘い料理は作らないし、紅茶に入れて飲むくらいしか使わないから、王宮より大分残っている様だった。

「へぇ。なら……全部頂こうか」

莉奈はニコリと笑って、手を出した。そんなにあるのなら、寄越せ……と。

「「「……え？」」」

「全部・頂・こ・う・か？」

「「「……悪党だ‼　悪党がいる‼」」」

皆は、その言葉と行動に目を見張った。

まさか、そう返してくるとは思わなかったのだ。たくさんあれば作ってくれると思っていた。

なのに砂糖を寄越せと手を返してきた。想定外である。

「ほれほれ」

莉奈は出せと手を動かす。どれだけあるか知らないが、あるなら寄越せ……と。

「……」

皆は苦笑いしていた。実にイイ笑顔で言うその姿は、さわやかな恐喝な気がする。

皆がなんとも言えない表情《かお》をして、タジタジになっていると背後から――

「たかりかよ」

と呆《あき》れた声が聞こえた。

「……ん？」

どこかで聞いた声だな……と莉奈は声のする方を改めて見た。

「何をたかってんだよ」

強請《ゆすり》とは言わないが、たかりだなと苦笑いしていた美少年が一人。

「あれ？　エド」

そうなのだ。先程、王宮に戻ったハズのエギエディルス皇子がそこにいた。

「うわっ。で……殿下‼」

「しっ失礼致しました」

彼に気付くと、皆は慌てて頭を下げていた。いつからいたか知らないが、まったく気が付かずにいたのだ。その無礼を皆で詫《わ》びていた。

ただ、エギエディルス皇子も以前ならともかく、莉奈がこの国に来てからというもの、皆のそんな些細《ささい》な無礼など気にならなくなっていた。

「どしたの？」

そんな皆をよそに莉奈は実にマイペースである。

迎えに来てくれるにしても早い。何か急用でもあるのかな？

「お前が絶対に欲しがるモノを、持って来てやった」

腰に手をあてると、兄王直伝？　の嫌味ったらしい笑みを浮かべる。

……エド君。その笑い方、マジでヤメてくれるかな？

「何。私が絶対に欲しがるモノって？　この世界とか？」

なんちゃって？

莉奈は何も浮かばなかったので、アハハと空笑いしつつ、ものスゴく適当な返答をしてみた。実際そんなモノは欲しくはないし、持ってはこられないだろうけど。

「「「「……」」」」

皆は絶句した。〝世界〟⁉　……悪党を通り越して魔王だ。

そんな言葉をサラッと口にした莉奈に、料理人達は畏《おそ》れをなしていた。皇子相手にそんな言葉を良く言えると。

何だか知らないが、膝《ひざ》がガクガクと震えてくる……。

「……は？　……お前……ンなもん欲しかったのかよ⁉」

もはや、冗談だか本気だか分からない発言に、エギエディルス皇子は唖然《あぜん》としていた。

莉奈が絶対に欲しがるモノを持って来たハズなのに、予想外だった。そんな答えが返ってくるなんて誰《だれ》が想像出来る。

アレかな？　コレかな？　なんて普通のやり取りを想像していた自分がバカだった。開いた口がまったく塞《ふさ》がらない。

「え？　冗談に決まってるじゃん。今欲しいのはマヨビームだよ？」

莉奈は今度は人差し指を銃の様に、エギエディルス皇子に向けた。

何故《なぜ》本気にするのかな？　世界なんか欲しがる訳ないじゃん。面倒くさい。

今、純粋に欲しいのは、マヨネーズだよマヨネーズ。毎回作るのは面倒だから、指から魔法で出したいくらいだ。

「……俺は……お前が何を言ってるのかが、まったくわかんねぇ」

莉奈が何を言ってるのかが、さっぱり分からない。

完全に呆れたエギエディルス皇子が、頭を抱えるハメになったのは云うまでもなかった。


「話を聞いて、良く分かった。お前はバカなんだな？」

エギエディルス皇子は、厨房《ちゆうぼう》に隣接されている食堂で脚を組み、呆れきった様子でため息を吐《つ》いた。莉奈やリック料理長達から説明を聞き、マヨネーズがなんなのか、何故そんなモノを欲しがるのかの経緯がやっと分かったのだ。

「超失礼なんですけど。水を出す魔法があるのだから〝マヨネーズ〟が出る魔法があったってイイでしょ？」

莉奈は至極マジメに熱く語った。マヨネーズ……いやマヨビームの必要性を……。

「あのなぁ……」

エギエディルス皇子はこめかみを掴《つか》んだ。

そんな事を熱く語られても、理解に苦しむだけだった。魔法はそういうモノではない。

大気中や自然物や身近にあるモノを、魔力で集めて増幅したり変化させて使うモノであって……。

「魔法のなんたるか、ヴィルからもう一度学び直してこい」

疲れた様に言った。魔法について魔法省のタール長官、ヴィル＝タールに教わったハズだろうと。

くだらな過ぎて言葉が出ない。

「ひどっ。マヨラーなら喉《のど》から手が出る魔法なのに」

私はマヨラーじゃないけど。

「〝マヨラー〟ってなんだよ」

次から次に出てくる意味不明な言葉に、エギエディルス皇子は頭を抱える。

「マヨネーズ好きな人」

「「なんだそりゃ」」

リック料理長とマテウス副料理長が、眉間《みけん》にシワを寄せながら器用に笑っていた。

「そんな事より、私が欲しがるモノって何？」

マヨネーズの話はどうでも良くなった莉奈は、エギエディルス皇子が先程言っていた言葉を思い出した。

「お前……ホント自由だな」

話の切り替えが急過ぎて、展開についていけない。どうしてそうコロッと、何事もなかった様に話を変えられるのか。コイツの頭の中を一度覗《のぞ》いてみたいと、エギエディルス皇子は思った。

「まぁ……イイ。これを持って来てやった」

エギエディルス皇子は莉奈のテーブルの方に、カツンとペンダントを放った。

「……？」

持って来てやった？　こんなモノを欲しがった覚えはない。

疑問を感じつつ、ペンダントを手に取り良く見てみる。

親指程の大きさのペンダントトップは、雫《しずく》の形をしている。クリスタルかガラスかは分からないが、透明で澄んでいてスゴく綺麗《きれい》だ。

そのクリスタルらしき中には紋様がある。彫ってあるのか転写してあるのか、どこかで見た事のある紋様だった。

エギエディルス皇子が以前見せてくれた【門の紋章】に似ているのだ。竜の翼を門の形に象《かたど》っている様にも、竜が口を開けている様にも見える不思議な紋様であった。

角度を変えたりして見ていると、雫型の下の部分に小さい銀色のコインみたいなツマミがあった。それにもなんだか読めない文字が彫ってある。

「回して見ろよ」

莉奈がそのツマミに気付いたのを見て、エギエディルス皇子は面白そうに言った。

「マヨネーズが出てくるとか？」

「出るかよ！」

マヨネーズから発想が離れない莉奈に、ツッコまざるを得なかった。

さっき知ったばかりのマヨネーズが、そんな所から出たら恐怖でしかない。

莉奈は的確にツッコミを入れてくるエギエディルス皇子に笑いつつ、コイン型のツマミをカチカチと回してみた。

「え……うわ〜綺麗〜」

カチカチと回すと、涙型のクリスタルはゆっくりとだが色んな色に変化した。水でも入っているみたいに、中が揺らめいていてものスゴく面白い。

白・碧《みどり》・銀……など一つ角度を変えるたび、色も変化する。一通り見てみたが変化しない場所も何個かあった。だが、どの色も煌《きら》めいて綺麗だった。その中でも特に金色と銀色が綺麗に見えた。

ラメでも入っているのかな？　というくらい、ゆらゆらキラキラと中で揺らめいて輝いている。

莉奈はあまりの美しさに見惚《みと》れていた。こんなに色の変化するモノは初めて見たのだ。

「高そうだけど……貸してくれるの？」

莉奈はペンダントをマジマジ見ながら訊《き》いた。

国の紋章まで入ってるし、さすがに高価な物だと分かる。

「やるってよ」

エギエディルス皇子は小さく笑った。莉奈が〝貸してくれるの〟なんて遠慮がちに言ったからだ。ありがとうと貰《もら》ってもおかしくはない。妙な所で配慮を見せる莉奈に、なんとも言えなかった。

「……え？　マジで⁉」

莉奈は素直に驚いた。高価な物を……というのもあるが、見ていて綺麗だし面白い。正直嬉しいが、コレをくれる様な事をした覚えはない。

「……ん？　やるってよ？」

そして驚きつつペンダントを二度見したところで、エギエディルス皇子の言葉に疑問を覚えた。〝やる〟ではなく〝やるってよ〟と彼は言った。……という事は、誰かにあげてヨシと言われて持って来たのだろう。

「フェル兄が持ってろって」

「……」

そういう事ですよね～？　シュゼル皇子は今、王宮にはいないし。

それを訊いた瞬間、莉奈は喜びが複雑な物に変わった。何かあるに違いないと悟ったからだ。こんな高価なペンダントをタダで寄越す訳がない。突《つ》き返せないのかな？

「お前……微妙な顔すんなよ」

エギエディルス皇子は、フェリクス王からと聞きあからさまに顔を渋らせた莉奈に心底呆れていた。

兄王から物を貰って、そんな表情をする女性を初めて見たのだ。怖いと恐れられてはいるが、王でありあの美貌《びぼう》だ。女性は放ってはおかないのも事実。その兄王から物を貰える、下賜されるのだ。女性なら悶絶《もんぜつ》モノだし、男性なら畏れ多《おお》くて歓喜に震えてもおかしくはない。

なのに……この目の前の少女。あからさまにテンションがダダ下がりしている。色んな意味でオカシイ。

「返却出来るのかな？」

「返却すんなや」

ションボリして見せた莉奈に、エギエディルス皇子は苦笑いしか出ない。

「フェル兄からってのはともかく、番を持っちまったんだから持っとけ」

手にも取ろうとしない莉奈に苦笑いしながら、そのままペンダントを押し付けた。

「帰って来ませんけど？」

あなたのお兄さんのせいで？　と莉奈は含みを持たせる。

「ぶっ……帰って……来るんじゃねぇの？」

エギエディルス皇子は思わず噴き出していた。あんな状況初めて見たので、面白くて仕方がない。

「マジ適当」

莉奈は諦《あきら》めてペンダントを手に取った。

兄王といい、この弟といい、他人事《ひとごと》だと思って適当過ぎる。なんかやだな～。

そんな二人のやり取りを聞いていた、リック料理長とマテウス副料理長は色々な意味で驚愕《きょうがく》していた。

フェリクス王から何かを下賜されたのにも驚愕だが、〝番〟？

番って……竜の事？　だとしたら、莉奈は竜騎士になったのか？

バターを届けに行って、何故《なぜ》そんな事になっているのか。まったく話が分からない。

ただ分かる事といったら、莉奈はアッチでもコッチでも何かをやらかした……という事だけだった。

「で、これはなんなの？」

ペンダントを手に持ちプラプラさせていた。ただのアクセサリーでない事は分かった。だけど、何かまでは分からない。

王からでなければ、純粋に綺麗で嬉《うれ》しいのだけど。

「瞬間移動《テレポート》が出来る魔導具」

「どうやって使うの⁉」

瞬間移動《テレポート》が使えると聞いた途端に、前のめりに食いついた莉奈。

【門の紋章】がなくても、許可さえ下りれば転移の間から使えると聞いた事はあるが、転送・転移をするのに【魔導具】も必要だとは知らなかった。

だからこのペンダントに門の紋章が刻まれているのか。莉奈は途端にテンションが上がり始めていた。もう返さないぞとばかりに、ペンダントをしっかり首から下げる。

「ゲンキンだな、オイ」

さっきの今で、テンションの変わり様にエギエディルス皇子は呆《あき》れ笑いをしていた。

フェリクス王からの貰い物《もの》はいらないが、瞬間移動《テレポート》は欲しいらしい。あからさま過ぎて言葉が出ない。

「どうやって使うの⁉」

興奮しかない莉奈は、そんな皇子を余所《よそ》にもう一度訊いた。

あの魔法を好き勝手に使えるなんて夢の様だ。

「【転送の間】で使えば――ってオイ‼」

まだ説明も し終わっていないのに、莉奈は扉に向かおうとしていた。エギエディルス皇子は慌ててその腕を握り、引き止めた。説明もまったくしていないのに、お前は何処に行くのだ……と。

「やろうやろう‼」

莉奈の瞳《ひとみ》は、好奇心でキラッキラッである。

「やろうやろうじゃねぇよ。説明を最後まで聞けや」

聞いてもいないのに出来る訳がない。落ち着けと云わんばかりに席に戻して座らせた。

「使い方知らないのに使えないだろう?」

仕方がないなと、エギエディルス皇子はため息を吐《つ》く。

「まず。さっき回した時、色が変化しただろ？　それは、宮の色と連動してる」

「ほうほう」

莉奈は改めてコイン型のツマミをカチカチと回してみた。確かに宮の色にしか変化はしない。

「白はココ〝白竜宮〟。んで緑はお前の宮〝碧月宮《へきげつきゆう》〟」

「ふむふむ」

莉奈は今度こそ、エギエディルス皇子の説明をしっかり聞く。何かあっては困るからである。

説明を聞いている限り、色が王宮にある宮を表している様だ。

白なら、今いる〝白竜宮〟。

緑は、自分の住んでいる〝碧月宮〟。

「銀は、王宮〝銀海宮《ぎんかいきゆう》〟に行ける」

「ふむふむ。赤は？」

カチカチ回すと赤色に変わる。赤色は何処の誰《だれ》の宮だったっけ？

「…………俺」

エギエディルス皇子が少しだけ、頬《ほお》を紅《あか》くしてそっぽを向いた。

どうやら自分の宮に、行ける様にしてある事が恥ずかしいらしい。

――キュン。――ナニその顔～。超可愛《かわい》いんですけど‼

「エドの宮か～。遊びに行ってもイイのかな？」

許可なくても行っちゃうけど……。可愛過ぎてニヤニヤが止まらない。頬をツンツンしたい。

「好きにしろよ‼」

エギエディルス皇子はさらにプイッと横を向いた。

――ツンデレだ‼　マジで可愛い～。

そっぽを向きながら許可を出してくれるなんて、莉奈はツボにハマって口許が緩みっぱなしである。

この超可愛いエギエディルス皇子の宮は確か……〝緋空宮《ひくうきゅう》〟だったハズ。

よし、ドンドン遊びに行こう。

「黒は……タールさんのいる……〝黒狼宮《こくろうきゅう》〟」

莉奈は色と宮を確認しながら見ていた。魔法省長官のタールがいるのは〝黒狼宮〟。そこにも行けるみたいである。

行けない宮も勿論《もちろん》ある。例えばシュゼル皇子の〝紫雲宮《しうんきゅう》〟は登録されていないのか、いくら回しても紫には変わらない。

行く予定はないからイイけど……。

「ん？　金色？　そういえば〝金色〟ってドコだっけ？」

カチカチ回すと銀の次に金色に変わる。何度回しても金色に変わった。

金色……金色ってドコ？

「……」

「エド？」

エギエディルス皇子は複雑そうに横を向いて唸《うな》っていた。

「リナ……」

リック料理長が、顔面を蒼白《そうはく》にして頬をヒクヒクとひきつらせていた。当たり前だけど、何処か分かるみたいだ。

「金色って？」

ならリック料理長に訊いてみる。

何故だか知らないけど、エギエディルス皇子は言いにくそうだし。

「〝金天宮《きんてんきゅう》〟」

リック料理長とマテウス副料理長が、顔を硬直させていた。表情を見れば、血色も悪い。

「……」

ということは、二人がそうなる所となる訳で……。


——え？　——こっわ‼

そうだよ‼　〝金色〟だもん。あの方しかいないじゃん‼

莉奈は慌ててペンダントを、首から外した。

〝金天宮〟ってこの国のボスの所だ‼　こわいコワイ怖い恐《こわ》い‼

「返却致します」

エギエディルス皇子の方へと、スス ッとペンダントを滑らせた。

そんな恐ろしい代物を持っていたくはない。こんなモノ返却だよ返却。

「出来る訳がないだろう」

エギエディルス皇子が乾いた笑いを浮かべながら、ペンダントを手に取るとゆっくり莉奈に歩み寄る。そして顔面蒼白で嫌がる莉奈の首に掛けてきた。

ノーノーと首や手を振る莉奈を完全に無視し、再び莉奈の首にペンダントが戻ってしまった。

「最悪だ」

莉奈は魂が身体《からだ》から抜け始めていた。

これはペンダントではない。〝首輪〟だ。外す事の出来ない呪《のろ》いの首輪に違いない。

「ワタシハノロワレテシマッタ」

莉奈は魂が抜けていくのを感じたのであった。


「お前なぁ」

魂が抜けきった様な表情をしている莉奈には、苦々しい笑いしか出ないエギエディルス皇子。

「ナゼコンナイヤガラセヲ……」

魂が還《かえ》らない莉奈は虚空を見ていた。余程嫌らしい。

「嫌がらせじゃねぇよ。番を持ったんだからココに良く来る事になるだろ？　そうしたら往復が大変だろうってソレを渡されたんだよ」

竜の世話……とまではいかないが、コミュニケーションはとる必要がある。徒歩では時間が掛かるし、莉奈が馬に乗れるとは思えない。

緊急性があった時に、すぐに行く必要もある。竜騎士になればペンダントでなくとも、違う物や形をした転移の魔導具を渡されるのである。

莉奈が特別な訳ではない……たぶん。エギエディルス皇子もその辺はあまり自信がない。

「〝魔王の館〟に行く必要性が見えない」

「お前……仮にも俺の兄上の宮を〝魔王の館〟とか言うなよ」

そう言って机に突っ伏した莉奈には、苦笑いしか出ない。

〝魔王の館〟とか、弟の自分の前で良く言えるな……と怒るより呆れていた。そんな事を平然として言えるのはコイツだけだろう。

「こんなの渡して……寝首を掻《か》かれるとか、思わないのかな？」

まぁ、フェリクス王の宮に行けたところで警護兵はいるのだから、簡単に自室に行けるとは限らない訳だけど。

「「寝首を掻こうとするな‼」」

エギエディルス皇子、リック料理長、マテウス副料理長は思わず叫んでいた。ナゼそんな話になる。そんな発想をし、それを口にするだなんて莉奈くらいなモノである。想像も口にするのも、普通なら畏《おそ》れ多《おお》くて出来ない。

「マジな話。ナゼ金天宮に行ける様になってるのかね？」

仲良くやらせて貰《もら》っている末の弟〝エギエディルス皇子〟ならまだ分かる。全っ然仲良くないフエリクス王の宮。その自室にナゼ行ける仕様になっているのか。どう考えても理解が出来ない。

「面白いからじゃね？」

疑問を投げ掛けてみたら、弟皇子からの即答。〝面白い〟ってどういう事だよ。

「却下――っ‼」

莉奈は叫んでいた。

そんなくだらない理由で一般市民を、自室に来られる様にするなんてあり得ない。却下だ‼

「金天宮にも行けるんだから、自分で返してみろよ」

エギエディルス皇子は、諦《あきら》めの悪い莉奈に笑っていた。

兄は今までの育った環境、経験や立場から、人を身近に置く事を嫌っている。その兄王が自ら懐に来てヨシ……と許可したのだ。莉奈の事は気に入っている証《あかし》だ。そうなのだから、それを突き返したところで、また返って来るに違いない。

「……」

莉奈は押し黙った。いらん……と返せるのだろうか？

金天宮にまで行けるのは予想外だけど、アッチコッチ行けるのは正直嬉しい。ふむ……。

「……まっ。いっか」

最終的に莉奈はそう結論付け、ハハハと空笑いした。

だって、わざわざ行かなきゃイイ。恋人ではないのだから自室に呼ばれる事なんてないだろう。

なら、ありがたく戴《いただ》こう。

「よし。そうとわかれば、試しに行こう‼」

莉奈はガタリと立ち上がり、食堂から出て行こうとした。

金天宮はともかく。色々行けるのなら試さなければ……。いざゆかん‼

「おいおい‼　料理の途中だろう⁉」

「マヨネーズはどうしたよ？」

料理の途中なのに、サラッと何処かへ行こうとする莉奈を、リック、マテウスの二人は慌てて止めた。忘れるとは思わなかったし、まさかの放置。新しく魔法の道具〝魔導具〟を手に入れ、莉奈が料理の事なんてスッポリ頭から外すとは思わなかった。

「気合いで作りたまえ‼」

「いやいやいや……作り方を教わってないし‼」

莉奈の無茶振りに、二人は苦笑いしか出なかった。卵黄を酢と混ぜるところまでしか分からない。気合いでどうにかなるなら、今までどうにかなっていただろう。

「そこはホラ〜。料理長と副料理長の力で〜」

莉奈は料理より、魔導具で遊び……使いたい一心で、首を傾《かし》げて可愛《かわい》らしく言ってみた。マヨネーズなんかより魔法の道具だ。

「「作り方が分からないモノは、さすがにどうにもならないよ」」

だが、即刻却下された。ごもっともである。

「帰りにイヤでも使えるだろ？」

エギエディルス皇子が呆《あき》れていた。すぐに試さなくても後で……いや、これからいくらでも使えるのだ。今である必要性はない。

「今がイイのに〜」

ブツブツ文句を言う莉奈は、リック料理長とマテウス副料理長に両脇をホールドされ、ズルズルと厨房《ちゅうぼう》に引き戻されて行ったのだった。

第3章　濃厚手作りマヨネーズ

「マヨネーズなんかなくても生きていける。だけど、作れというので作ります」

莉奈《りな》は厨房に戻ると、訳の分からない宣言をした。

誰《だれ》も作れとは言ってはいない。自分が必要だと言ったからこそこの状況なのだが……。皆は苦笑いが漏れていた。

「先程の～卵黄とお酢と塩を良く混ぜたモノに～混ぜながら～油を糸の様に～ゆっくり投入していって下さ～い」

なんか投げやりにもとれる莉奈の言い方に、皆は笑い始めていた。余程、魔導具で遊びたいらしい。心情がタダ漏れである。

「いっぺんに入れたらダメなの？」

後ろの料理人の誰かが言った。早く遊びたいのならさっさと入れてしまえばイイのでは？　と思った。ゆっくり入れていく理由を知りたい。

「分離して卵黄と混ざりませ～ん」

水と油みたいなモノ。ゆっくりと混ぜながらやらないと乳化しない。いわゆる、白いマヨネーズみたいにならないのだ。

「混ざらないのか」

大変だな……とボソリと聞こえる。そう、手作りマヨネーズなんて大変な作業だ。大量に作る場合は普通、ハンドミキサーで作る。手でなんかやらない。

「卵黄だけって言ったけど、全卵だと出来ないのかい？」

リック料理長が最大の疑問を投げ掛けてきた。卵黄卵黄と言ってはいるが、ナゼ卵黄だけなのか。

「出来るよ？」

濃厚ではないけど……やってやれない事はない。

「え？　じゃあ、ナゼ卵黄だけなのかな？」

マテウス副料理長がさらに訊《き》いてきた。出来るのなら卵白も使った方が、手間も省けるしコスト面でも良いと考えたのだ。

「だって、腕が死ぬよ？」

莉奈はキョトンとした。

あれはハンドミキサーありきでないと、たぶん絶対出来ない。莉奈の力では無理だ。

それこそフェリクス王を呼んで来て欲しい。

「「「あぁ…………」」」

皆は莉奈のその一言ですべてを察した様だった。卵黄でさえグリグリ混ぜているのに、全卵ならさらに力強く混ぜなくてはいけないのだろうと、想像が出来た様である。

「あっ、そうだ。すっかり忘れてた。卵茹《ゆ》でといて」

タルタルソースも作るのに、茹で玉子《たまご》を用意するのを忘れていた。莉奈は慌てて指示をする。

なくてもイイけど私的には絶対に入れたい！

「茹で玉子なんかどうするんだ？」

卵を茹でる準備をしながら、サイルが訊いてきた。

「タルタルソースを作るのに必要」

「茹で玉子が？」

どうやってソースに使うのだろう？　なんだか分からないが、卵を大量に茹でる事にする。莉奈が必要だと言うのだから必要なのだろう。

「ちなみに、今作ってるマヨネーズを味見したいのなら、茹でたじゃがいもにつけたらマジ最強」

蒸かしたじゃがいもでもイイ。マヨネーズとじゃがいもは相性抜群だと思う。混ぜない簡単ポテトサラダみたいなモノだ。

「マジかよ‼　なら、じゃがいもを茹でる」

それを訊いてきた料理人達は、誰ともなくじゃがいもを洗って茹で始めた……ゴロゴロと大量に。

え……味見？　味見用にしては量多くない？

「それ、油はサラダ用の油？　オリーブオイルもあるよ？」

一つ解決すればまた一つ気になるのか、サイルが訊いてきた。

莉奈がサラダ用の油を使っているから気になった様子。サラダ用のクセのない油だけでなく、オリーブオイルとかもここにはあるからだ。なんなら高級なエキストラ・バージン・オイルもあるきまりでもあるのか訊いてみたのだ。

「初心者はサラダ油からやった方が失敗しないかな。オリーブオイルは混ざりにくくさせる成分が入っている……って聞いた事がある」

詳しくは憶えていないけど、特に未精製のオリーブオイルには、マヨネーズを分解させる物質が入っているって本か何かで見た気がする。なので、大量に入れるとそれが悪さをして、乳化の邪魔をするのではないかな？　だから、失敗したくないならサラダ油がベストだと思う。

「へぇ。油ならなんでもイイって訳じゃないのか」

サイル達が感心した様に、大きく頷《うなず》いていた。

「油も少しずつ混ぜながら入れないと、すぐ分離するからずっと休まず混ぜててね」

莉奈は油を少しずつ入れながら、面倒くさそうにグリグリと混ぜていた。まっいっか……と油断して一度ドバッと入れたら分離して、どうにもならなくなった事があるからだ。卵も常温に戻しておかないと混ざりにくいし、油も古いと乳化しにくい。

ただ材料を混ぜるだけなのに、手作りするとなると、意外に面倒な作業なのである。

「オリーブオイルを少し入れると、苦味がアクセントになって美味《おい》しいよ？」

莉奈はもちろん他の油でも出来ると伝えておく。ただ、エキストラ・バージン・オイルは、苦味やエグミが強く出てオススメはしないけど。

基本をしっかり覚えた後に、色々な油で試せばイイと思う。

「試してみるよ」

料理人達は頷いていた。他にも種類があると知り、楽しそうであった。

ここにはないけど、個人的にはココナッツオイルで作るマヨネーズが好き。ココナッツオイルで作ると、一気にエスニックな感じになって面白い。それで作るエビチリマヨネーズがマジで最強。クセになるのだ。

ごま油で作れば、ゴマだれを入れたマヨネーズに似た感じになって、葉野菜と和えると濃厚和風テイストでコク旨。

「さて。マヨネーズが出来たよ」

説明しながら混ぜていたら、マヨネーズが完成した。

久々だったけど、しっかり分離しないで出来た。さて、じゃがいもにでもつけて味見しようかな？

——と、思った所で莉奈はハッとした。

味見用のマヨネーズと、タルタルソース用のマヨネーズに分けておかないと、この人達……容赦なく食べ尽くすに違いない。

もう一つのボウルに、マヨネーズを半分掬《すく》って分けておく。

「茹でたじゃがいも二個ちょうだい」

エギエディルス皇子と自分の、味見用のじゃがいもを貰《もら》わねば。

「じゃがいもはイイけど、マヨネーズを半分に分けてどうするんだ？」

サイルが莉奈にじゃがいもを渡しながら、ボールに取り分けたマヨネーズはどうするのか訊いた。

「こっちはタルタルソース用」

「タルタルソース用？　マヨネーズを使うのか？」

「そうだよ？　あれ。言ってなかったっけ？」

「マヨネーズとタルタルソースを作るとしか聞いてないよ」

なんか言った気になっている莉奈に、横で聞いていたリック料理長は苦笑いが漏れた。莉奈の中では当たり前の事でも、こちらはすべてが初耳である。

「あれ～？　まっいっか」

今言ったしイイかと勝手に納得した莉奈は、小皿に茹でたじゃがいもとマヨネーズを乗せた。

マヨネーズが嫌いな人も意外と多いし、エギエディルス皇子も苦手だと困るので、味見程度に少しだけ脇《わき》に乗せてみた。

もちろん、たっぷりつけたいと言われたらつけられる様に、別盛りでも持って行くけど。

「こっちのマヨネーズは味見で食べてイイけど、こっちは使ったらぶん殴る？」

莉奈は一応注意してから、食堂の窓からひょこひょこ覗《のぞ》く、可愛《かわい》いエギエディルス皇子の元に行くことにする。これだけの人がいれば、たっぷりつけたがる人も絶対いるハズ。もう腕が疲れたし、これ以上作りたくはない。

「「「ぶ……了～解‼」」」

料理人達は苦笑いしながら頷いた。首を傾《かし》げて可愛《かわい》らしく言ってはいるが、食べてしまったら本気で殴られるに違いない。

色んな意味で莉奈に笑いつつ、リック達も早速マヨネーズの味見をする事にした。

「この黄色いクリームみたいなのが、マヨネーズだよ」

食堂で今か今かと待っていた皇子に、莉奈はホカホカのじゃがいもが乗った小皿を置いた。

マヨネーズを気に入ってくれればイイけど……少し不安だ。

「甘いのか?」

「甘くはないよ。お酢が入ってるから酸味がある」

甘いか聞くエギエディルス皇子に笑いつつ、どんなモノか軽く説明した。

子供のうちってお酢系が苦手な子も多い。まぁマヨネーズは別な気がするけど。

「少し食べてみて、ダメだったらヤメてイイからね?」

無理して食べる必要はない事を言っておく。

エギエディルス皇子、基本優しい子だから無理するかもしれないからね。

「わかった」

頷くとまだ熱いホクホクのじゃがいもに、マヨネーズを少し乗せて恐る恐る口に頬張《ほおば》った。

マヨネーズに興味はあるが、ドキドキするみたいである。

「……っ⁉」

口に頬張った瞬間、目を見開いたエギエディルス皇子。

生まれて初めて食べるマヨネーズの味に、驚いている様子だった。一瞬鼻にお酢の香りが抜けた後、まったりとしたクリーム状のマヨネーズが、ホクホクのじゃがいもと口の中で混ざり合う。

今まで食べた事のない酸味と、まったりとした不思議な食感の調味料。だが、お酢とは全然違って酸味がイヤではなかったのだ。

「……どう？」

莉奈は不安そうに訊いた。吐き出さないし、モグモグと咀嚼《そしゃく》をしているからイヤではないとは思う。だけど、無言でパクパク食べているから、気に入ったのかダメなのかがまったく分からない。

「……う……ま〜いっ‼　少しすっぱいけど、なんかウマイ‼」

エギエディルス皇子は満面の笑みを見せてくれた。良かった。気に入ってくれた様だ。これならタルタルソースも大丈夫だろう。

「良かった。あっ、チキンカツもあるから味見する？」

「する‼」

嬉《うれ》しそうに言う彼の前に、魔法鞄《マジックバッグ》から残り物のチキンカツを出すと、ふわりと揚げ物の匂《にお》いがする。ナスはご飯の時でイイかな。

「ナニこれ。からあげと違ってなんか周りについてる」

「パン粉だよ。サクサクして美味しいよ？」

周りについたパン粉を不思議そうに見ながらも、フォークで刺して口に運んでいた。

——サクッ。

カラッと揚がったパン粉のイイ音がした。その瞬間エギエディルス皇子の顔が綻《ほころ》んだ。カリカリ食感が楽しいみたいだ。

「サクサクしてウマイ‼」

「これにね……タルタルソースをつけると、すっごく美味しいよ？」

「タルタルソースって？」

「マヨネーズに色んな具材を混ぜたソースかな？」

エギエディルス皇子の質問に、莉奈はナニが答えとして正解なのか分からなくなる時がある。彼の質問は純粋すぎるのだ。

「ふ〜ん。で、タルタルソースの〝タルタル〟ってなんだ？」

「しらん」

莉奈に分かる訳がない。

君は時々困惑する疑問を投げ掛けてくるよね？　そういうモノだと当たり前に使っていたけど、聞かれても何も分からない。だって、タルタルソースはタルタルソースだもん。〝タルタル〟のなんたるか……なんて考えた事もなかったし。イチイチ気にした事もなかったよ。

向こうに帰れたら、調べたい事が多い質問ばかりである。

「まっ。とにかく、タルタルソースを作って見せるよ」

語源までは分からないが、作り方は分かる。マヨネーズとタルタルソースの違いを、とりあえず見せようと思う莉奈だった。


厨房《ちゅうぼう》に戻ると、皆が満面の笑みを浮かべていた。

「マヨネーズウマイな‼」

「野菜につけても美味《おい》しかったよ」

「じゃがいも好きじゃなかったけど、つけるとアリ」

「「「マヨネーズ最高‼」」」

マヨネーズの味見を終えた料理人達が、初めての味に歓喜に沸いていた。ボウルを見れば舐《な》めとった様にピカピカしている。

「あ～そう」

ここまで歓喜に沸かれると、逆にテンションが下がる。

ボウルの光り具合を見る限り、絶対にマヨラーが誕生したに違いない。

「タルタルソースってのは？」

リック料理長がキラッと目を輝かせていた。エギエディルス皇子に説明していた声は、マヨネーズを食べる事に必死で聞こえてなかったらしい。

とにかく、マヨネーズを使う事は伝えていた……そして、この瞳《ひとみ》。リック料理長は絶対マヨラーになった気がする。

「……」

「え？　私のお腹《なか》に何か付いてるのか？」

莉奈が思わずリック料理長のお腹を見たので、何事かと自分のお腹を擦りながら訊《き》いた。

お酒も好き。揚げ物好き。マヨネーズも好きになった。そして……運動はしない。

……となれば……と莉奈は思わず見てしまったのである。

これから絶対に太る。味見もしているのだから太る、肥える。

「少しお腹が出てきたね？」

フフッと莉奈は、悪魔の様に笑った。そう……リック料理長のお腹は以前に比べて少しばかり、ポッコリしてきていた。

良く味見もしているし、晩酌も増えたと言っていたから、酒の肴《さかな》も増えたに違いない。とくに揚げ物が……ふふっ。

「……え？」

声が思わず裏返ったリック料理長。最近身体《からだ》が重くなってきたし、なんならズボンがキツくなってきた様な気がしてはいた。だが、気のせいだと信じたかったし、言い聞かせていた。なのに莉奈に言われて、気のせいではないと思い知らされたのだ。

「元気に大きく育つとイイね？」

改めてリック料理長のお腹を見て、フフフッと実に愉快そうに笑うと、そのお腹を優しく優しく撫《な》でた。

この王宮、ポッチャリ第一号はリックだとして。二号三号とまだまだ、量産させてやるぞ……と辺りを、お腹周《まわ》りを見渡した。

「ひいっ。いやいやいや……育てないから‼」

リック料理長は背筋がゾッとした。お腹を撫でる莉奈に脅威を感じたのだ。

あくまでも優しく撫でる莉奈から慌てて離れ、汗を垂らしながら手や首を大きく横に振った。

怖い‼　妊婦ではないのだ。これ以上、お腹を育てさせてたまるか……と否定する。恐ろしい事を言わないで欲しい。

「皆のお腹も大きく育ちますように」

「「「おっ俺達も育てないから‼」」」

莉奈の異様な視線をお腹に感じ、皆も一斉にお腹辺りを押さえて手や首を振っていた。莉奈の視

線が恐ろし過ぎる‼

◇◇◇

顔面蒼白《そうはく》になり、寒い冬みたいにブルブル震える皆を横目に作業に戻る莉奈。

「では、皆々様のお腹を育てるソース。タルタルソースを作りたいと思います」

先程残しておいたボウルを手に、実に楽しそうであった。

このソースはもれなく、揚げ物につけるから余計に太るだろう。実に愉快愉快。

「「「…………」」」

皆は、自分の顔がひきつるのを感じた。なんてソースを作ろうとするのだ。お腹を育てるソースなんて恐ろし過ぎる。

「タルタルソースは、マヨネーズにピクルス、水でさらした玉ねぎ、茹《ゆ》で玉子《たまご》をみじん切りにして入れて混ぜれば出来る」

莉奈はそう言いながら、手際よくトントンと包丁を動かしすべてをみじん切りにしていた。

サラダ用の水でさらした玉ねぎがあったから、それを利用させて貰《もら》った。なので、簡単に出来た。

後は塩と胡椒《こしょう》で味を調えるだけ……胡椒はいつも通り使えないけど。

「マヨネーズの時に言うの忘れてたけど、酸味を弱めたいなら、牛乳や生クリームを少し加えるとまろやかになるし、大人の味にしたいなら粒マスタードやホースラディッシュを入れるのもアリ」

ワサビを入れてもイイけど、西洋わさびしか見当たらないから仕方がない。

アレンジの仕方さえ分かれば、料理人達は色々試すに違いない。なんでもそうだけど好みはあるし、いつも同じではツマラナイからね。具材に合わせて変えてみるのも楽しいと思う。

家ではピクルスの代わりに、らっきょうを入れたりもしたけど弟には大不評だった。だから、家のタルタルソースはピクルス一択になったけど。

「それをどうするんだ？」

興味津々のエギエディルス皇子が、横からひょこっと出てきた。

食堂の窓から見ているだけでは、飽きたみたいだ。

「エネルギッシュ殿下」

「……な……なんだよ」

「これからチキンカツサンドなるモノを作りたいと思いますが、サイドメニューはいかが致しますか？」

莉奈は面白そうに、エギエディルス皇子に尋ねた。

そうなのだ。タルタルソースを作ったし、どうせパンと食べるのだから、食べやすい様にサンドウィッチにしようと考えたのである。

なら、ジャンクフードの鉄板〝セット〟にしてしまえ……と。

「〝サイド……メニュー〟？」

自分の名前を適当に言うのはいつも通りだとして、サイドメニューとは初耳だ。急に呼ばれて構えてみたものの、なんだろうとエギエディルス皇子は首を傾《かし》げた。

「定番のフライドポテト……あるいはオニオンリングのお二つからお選び頂けますが、どちらに致しますか？」

莉奈は首を傾げた皇子にほっこりしながら、某ハンバーガー店の様に訊いてみた。

選べる楽しさってあるよね？

サンドウィッチにポテト、ドリンクを付けたらジャンクフードの定番セットだ。

「「「オニオン……リング」」」

皇子だけに訊いたのに、皆が生唾《なまつば》を飲み込んでいた。

お腹が空《す》いているから、余計に興味津々らしい。

「オニオン……玉ねぎを……どうするんだ？」

オニオン＝玉ねぎ。だが、リングはなんなのか考えるが、分からなかった。

「輪切りにした玉ねぎをチキンカツの様に、パン粉をつけて揚げたモノでございます。玉ねぎが甘くて大変美味しく頂けます」

オニオンリングのある店なら、莉奈は必ず頼む。揚げただけで、なんであんなに美味《おい》しくなるのだろう。

「オニオンリングにしてくれ‼」

生唾を飲んだエギエディルス皇子は、元気よく返してきた。フライドポテトは以前、食べた事もあるし味は想像出来る。オニオンリングは初めてだ。なら食べてみたかったのだ。

「かしこまりました。ではお飲み物は、ククベリーかブラックベリーのミルクジュース。またはリンゴジュースからお選び頂けますが、いかが致しましょうか？」

「……っ⁉」

飲み物まで付いてきて、それまで選べる事にエギエディルス皇子は軽くパニックになっていた。どれも美味しい飲み物だ。オニオンリングにも驚いていたのに、飲み物まで付いて選べるなんて、夢の様だった。

「クク……いや……ブラック……。いや、リンゴジュース。リンゴジュースにしてくれ‼」

エギエディルス皇子が、一生懸命考えながら言う姿はなんだか可愛《かわい》くて仕方がない。アレもコレも食べたくて仕方がないのだろう。

可愛い……可愛過ぎる。

莉奈は萌《も》えて、口許が綻んでいたのだった。

◇◇◇

オニオンリングの作り方は簡単なので、説明したらリック料理長達が作ってくれるとの事だった。

まぁ、皇子の分というよりは自分達のついでの様な気もするけど。

お言葉に甘えて莉奈はチキンカツサンドを作ることにした。だがその前に、パンを魔法鞄《マジックバッグ》から何個か取り出した。バゲットもどきは皆が食べているから、厨房にある。でも、それより柔らかいふかふかのパンは、砂糖を使うからあまり普及していないのだ。

王族に出す機会が多い……というか、出す機会しかない莉奈の魔法鞄《マジックバッグ》には色々と食材や出来た物が入っている。

おかげで容量がギリギリ。「お前は何をそんなに入れているんだよ？」と呆《あき》れられたが、なんとかならないかエギエディルス皇子に相談中であった。

軽く焼いたパンにバターを塗って、レタス、ルッコラ、玉ねぎ、チキンカツ……そして、主役になりつつあるタルタルソースを入れて挟めば〝チキンカツサンド〟の出来上がりである。

小さいエギエディルス皇子でも食べやすい様に、半分に切って油紙に包んだ。こうすれば、タルタルソースが漏れても手が汚れない。

「パンに挟んだ後、紙に包むのか……なるほど」

リック料理長は、そういう食べ方もあるのかと感心しながらジッと見ていた。

「随分と作るな」

マテウス副料理長は、食べ方より個数が気になり呟《つぶや》いた。

エギエディルス皇子にあげると作り始めた割には、個数が多いからだろう。

「面白道具を貰ったので、魔法省のタールさんの所に持って行こうと思ってね」

タールさんのには、タルタルソースは入れてはいないけど。味見して、大丈夫なら後から自分で入れて貰おうと考えている。

それにしても〝黒狼宮《こくろうきゅう》〟になんて、この〝白竜宮《はくりゅうきゅう》〟なみに全然行かない。用がないのも理由だけど、自分を喚《よ》んだ魔法省の人達に会ったら……どういう顔をしてイイのかイマイチ分からないからだ。

よっ元気？　って挨拶《あいさつ》するのもおかしな話だし、無視も出来ない。会釈するだけなのもナンか違う気がする。

「……」

一方、国宝とまでは行かないが、数少ない転送魔法の付与された〝魔導具のペンダント〟を面白道具と言う莉奈に、エギエディルス皇子は苦笑していた。

「ふ～ん？」

マテウス副料理長達は、そんな事よりもタール長官に持って行くと聞き、なんか不服そうである。

これはきっと――

「食べたいんでしょう？」

「「「食べたーい!!」」」

莉奈が試しに訊《き》いてみたら、やっぱり全員から心地よい返事が返ってきた。

ふかふかのパンで作るチキンカツサンドセットは、まだ皆は食べられないしね。

「なら。二つだけセットを作ってあげるから、くじ引きで決めなよ」

パンに挟まなくても、似たのは食べられるのだから……まぁ文句はないでしょう。

莉奈は木製のお盆……じゃないトレイに、チキンカツサンドと出来上がったオニオンリング。そして、改めて作ったリンゴジュースを置いた。

チキンカツサンドセットである。なかなか良い感じに出来た。放課後、友達と行ったハンバーガー店が懐かしい。

「「「くじ引きって？」」」

新たな言葉に、皆は頭にハテナを浮かべていた。

「この箱の中に、先端が赤い棒が一本入っているから、それを引いた人がこのセットを食べられる」

莉奈は魔法鞄《マジックバッグ》から木の箱を取り出した。少し長細めの長方形の木の箱には、上部に５００円玉くらいの丸い穴が一つだけ開いている。その中には割り箸《わばし》より少し細い木の棒が、十本くらい差してある。

そのうち一本だけ、先端を赤く染めた棒が入っているのだ。何回かに分けてやれば、丁度いい感じに決まるだろう。ちなみにコレ、神社にある〝おみくじ〟とバラエティー番組で順番を決める番号札をヒントに作った物だ。

何かある度に揉《も》めるこの人達のために、じゃんけんとは別の運試しを用意しておいたのである。

アミダくじでもイイけど、毎回書くのは面倒だからね。

「ナニそれ。面白い」

「まずは、俺が引く‼」

「なんでだよ。俺が先に引く」

「はぁ？　誰《だれ》が引くかを勝手に決めるなよ。俺からだ‼」

ナゼモメる‼　くじ引きを引く順番からモメ始めるって事があるの？

話を聞いていると、先に引いた方が有利だとか後の方が確率がどうとか、どうでもイイ事でモメている。実にくだらない。

「こっちがエドの分、お兄ちゃんの分はこっちね？」

「……あ……あぁ」

莉奈は、皆のくだらない論争に呆れているエギエディルス皇子に、さっさと作ったチキンカツサンドセットを渡した。

巻き込まれても面倒くさい。エギエディルス皇子は魔法鞄《マジックバッグ》にしまいつつも、皆の言動に少しヒキ気味であった。

第4章　レッツゴー【黒狼宮《こくろうきゆう》】

チキンカツサンドセットはモメている間に近衛師団兵が来てしまい、さらにモメ始めていた。

もう、収拾出来ないと悟った莉奈《りな》は、ひっそりともう一つセットを増やしておいた。ないよりはあった方がイイだろう。

どこに行ってもモメる……それは、もうこの国の宿命。莉奈は呆れていた。関わらないに限る。

そしてエギエディルス皇子と、そそくさと逃げる様に厨房《ちゆうぼう》から出たのであった。

◇◇◇

【転送の間】。

窓のない20畳程の部屋の真ん中には、円が大小と二重に描かれている。その中に六芒星《ろくぼうせい》。そして、見てもまったく読めない文字が、絵画の様に描かれていた。

触っても擦っても消えない。焼き付けてあるのとも違う。ペンキとも違う。特殊なモノで描かれているのだろう。アニメや漫画で見た様な魔法陣に莉奈は興奮した。

「瞬間移動《テレポート》はいいけど、どうすればイイの？」

【転送の間】に着いた莉奈は、キョロキョロしながら訊いた。

この間来た時は、フェリクス王と一緒だったから、落ち着いて見ていられなかった。先程、エギエディルス皇子に白竜宮《はくりゆうきゆう》に連れて来られた時にも見たが、何度見ても不思議で楽しい。

「まず行きたい場所の宮の色に合わせる」

「ふんふん。ならタールさんの所に行きたいから〝黒狼宮〟の黒」

「一階か最上階に転送の間がある訳だけど、そのツマミを軽く引いて魔力を注げば最上階。そのまなら一階」

「ほぉほぉ」

コイン型のツマミを、軽く引っ張ってみるとカチリと数ミリ下に動いた。

途端にコインの色が、銀色から金色に変わった。

――――え？　このコイン……ただの飾りやスイッチじゃないんだ‼

「お前……あまり、カチカチやるなよ。壊れるぞ？」

色が変わる事を知った莉奈が、カチカチと弄《いじ》り倒して遊んでいたので、エギエディルス皇子は注意する。そこまで変化するのが楽しい……いや面白いらしい。

「金色は上？　銀色は下？」

「そうだよ」

魔導具一つで、莉奈がここまで嬉《うれ》しそうにするとは思わなかった。なら、もっと早くあげれば良かったと、エギエディルス皇子は笑った。

「宮の色に合わせ、階を選ぶ。そして……魔法陣――」

魔法陣の真ん中で魔力を流せば使える……と言う前に、すでに莉奈は魔法陣の真ん中に立っていた。瞬間移動《テレポート》自体は一緒に何回か使った事があったから要領は分かる様だった。

「魔力ってどのくらい？　少し？　ガッツリ？」

莉奈の瞳《ひとみ》は好奇心でいっぱいだった。

人に発動してもらって瞬間移動《テレポート》するのと、自ら発動させるのとでは大違いだ。

「ガッツリってなんだよ」

〝少し〟に対してなら〝多め〟だろう……とか、ヤル気満々過ぎるだろうとか、ツッコミどころが満載過ぎる。

「ガッツリはガッツリだよ」

小躍りしそうな程、莉奈はウキウキしていた。

瞬間移動《テレポート》が自分で使えるなんて嬉しくて仕方がない。早く早く‼

「……少し『落ち着けよ」

「そういえば、魔力のない人はどうやってコレ使うの？」

「はぁ……」

エギエディルス皇子は、莉奈のあまりの変わり様に眉間《みけん》を押さえていた。

興奮していたかと思えば急に冷静になり、真面目《まじめ》な質問をしてくる。女と言う生き物がそうなのか、コイツが特別そうなのか……後者な気がする。

「魔力のないヤツには、魔力を補う補助装置の付いた魔導具を渡す」

「ふ～ん」

莉奈は魔力は微量でイイからなという説明を聞きながら、首から下げているペンダントを楽しそうに触っていた。魔法を使える人も、あまりいないこの世界。魔法を使えない者にも使える様に、色々工夫されているらしい。

「……はぁ」

その様子にエギエディルス皇子は、再びため息が洩《も》れた。兄フェリクス王から下賜されたモノだと、散々文句を垂れていたのに結局喜んでいるからだ。

「さっさと行くぞ？　俺も暇じゃない」

「付いて来てなんて言ってませ～ん」

ツンデレのツンのみのエギエディルス皇子に笑いつつ、莉奈は教わった通りにペンダントを発動させてみるのであった。

魔導具のペンダントに微量の魔力を注ぐと、ペンダントはポォとうっすら光る。それが、発動した合図の様だった。

それと同時に魔法陣も柔らかく光り、身体《からだ》が光に包まれた。眩《まぶ》しいなと目を細めていると、目の前の空間はグニャリと歪《ゆが》み、例の目眩《めまい》に似た妙な感覚がした。

——数秒後。

先程とは違う【転送の間】に移動していた。

何故《なぜ》違う部屋かどうか分かるか……それは目の前にある部屋の扉、その少し上にある印を見たからだ。宮それぞれには印、いわゆる紋章と色にちなんだ鉱石が、埋め込まれているプレートがはまっている。

自分のいる宮【碧月宮《へきげつきゅう》】は確か月だった。三日月の紋章とエメラルド。

この【黒狼宮】は狼が描かれていて、黒曜石がはまっている。

一つ一つがなんかカッコいい。どこの王宮もこうなのかな？

金天宮《きんてんきゅう》は見た事はないけど、王家の紋章である【門の紋章】が描かれていて、そこに金が埋め込まれているとか。

プレートも外して売れば高値になりそうだと、邪《よこしま》な考えが浮かんだのは仕方がないと思う。

【鉱石】は【宝石】と同じだもん。

【黒狼宮】は【白竜宮】とは違ってマッチョは見かけなかった。すれ違う人すれ違う人、皆スラリとしている。

服装としては法衣《ローブ》が多い。魔法を使う人は好んで法衣《ローブ》を着るのだろうか。

匂《にお》いは薬草の匂いなのか、時折葉っぱの匂いがした。それに混じってお香の様な匂いもする。白竜宮とは匂いからして全然違う。

女性も割りといる。だが、ぽっちゃりはいない……育て甲斐《がい》がありますな。ふふっ。

「お前……ロクな事考えてないだろう？」

「え？　失礼じゃない？　ズンドコ皇子」

「ズンドコ……もはや何一つ合わせる気がねぇとか」

敬意がないのは今さらだが、頭文字すら合わせる気のない莉奈に、エギエディルス皇子は毎度のことながら呆《あき》れを通り越して笑うしかない。どっちが失礼なんだ。

「ん？　今さらだけど、先触れ的なモノは必要だったかな？」

「すっげぇ、今さら」

「まっ。いっか」

アポイントをとってなかったけど、エギエディルス皇子が一緒にいるし、良しと莉奈は判断した。ダメな時はダメで仕方がない。出直せばイイ。

「……」

本当は良くはないんだぞ？　とエギエディルス皇子は複雑な表情をした。異世界から飛ばされて来た彼女だからこそ、同情もあり皆が優しいのだ。

……が、莉奈に関してはそれだけではない気がする。

莉奈はふと気付いたら、心の隙間《すきま》にヒョイと入っていて、他人な気が全然しない。そう感じるのはたぶん自分だけではないハズ。異世界の人間が皆そうなのか、莉奈がそうなのか比べる事は出来ないが……。コイツが特別な様な気がしていた。

エギエディルス皇子はそんな事を考えながら、楽しそうにしている莉奈を見て小さく笑っていたのであった。

◇◇◇

「不便はありませんか？　リナ」

魔法省長官の執務室に入ると、長官タールが優しい笑みを浮かべ出迎えてくれた。

この世界に来てから、タール長官はものスゴく気遣ってくれる。自分の部下が仕出かした事だから、というのもあるのかもしれない。

「お気遣いありがとうございます。でも、タールさんをはじめ皆さんが、支えてくれてますので大丈夫です」

「なら、いいのですが。もし何かあったら、遠慮しないで言って下さいね？　一人で抱えない様に」

タール長官は、そう言うと莉奈の頭を優しく撫《な》でた。シュゼル皇子にも撫でられた事もあったけど、あれは背筋がゾワリとした。だけど、タール長官に優しく撫でられると、なんだかこそばゆい。

それはそうと、先程から部屋の端に立つ人達が気になっていた。

顔に見覚えがあるのだ。この人達……もしかしなくても、エギエディルス皇子と一緒に自分を【召喚】した人達だ。

「「「わ……私達も、お力になれる事があれば言って下さい!!」」」

どうしたらいいのか分からず思わずジッと、見てしまったので〝魔導師達〟が先に口を開いた。

どういう態度をとったら良いのか、そう感じているのは莉奈よりも〝魔導師達〟なのかもしれない。

「なら。マヨビームを開発して下さい」

「「「は？」」」

自分達の犯した重罪を猛省し、償える事なら出来る限りの事はするつもりではいた……が。〝マヨビーム〟とはなんなのだろうか。

「お前……マジで一旦《いったん》マヨネーズから離れろ」

半ば真面目に言った莉奈に、エギエディルス皇子が呆れ返《かえ》っていた。

莉奈の言う〝マヨビーム〟はともかくとして、マヨネーズがなんなのかタール長官達は説明を聞いた。そして、応接用のテーブルの上には今、マヨネーズの入った小皿が置いてある。

「これが、マヨネーズですか」

マヨネーズを初めて見たタール長官が、興味深く小皿を見ていた。この薄黄色いクリームがマヨネーズかと。

「じゃがいもに付けて食べると、すげぇウマイ」

エギエディルス皇子が、瞳をキラキラとさせていた。

味を思い出したのだろう。余程気に入ったみたいだ。

「じゃがいもに付けて食べてみて下さい」

タール長官がチラリと見てきたので、莉奈は茹《ゆ》でたじゃがいもをマヨネーズの横に出した。

「皆さんも、是非」

魔導師五人にも勧めた。

わだかまりが残るかな……と思っていたが、実際こうやって会ってみれば、憎めなかった。反省しているのは明らかだったし、私のために何かしたいという気持ちも伝わっていた。

それに、エギエディルス皇子を許しているのに、彼等を許さないなんてオカシイ話だしね。

「「「いっ……いいのですか⁉」」」

お伺いを立ててはいるが、表情は明らかに嬉しそうだ。

「どうぞ」

そんな五人に莉奈は、笑顔が自然と漏れた。イヤミの一つでも言ってやろうと、以前の自分なら思っていたかもしれない。だけど、今の彼等の態度をみたら、そんな事をする気持ちにはなれなかった。

それだけ、今過ごしているこの王宮での日常が、充実しているからなのだろう。

◇◇◇

「んっ。このクリームを付けると、じゃがいもが美味《おい》しい‼」

タール長官は、マヨネーズをじゃがいもに付け、口にした途端に目を瞬いた。

酸味のあるこのクリームは、生クリームとも違うまったりとした舌触りで、ものスゴくじゃがいもに良く合っていたのだ。

「じゃがいもなんか嫌いでしたけど……これなら、もっと食べたい」

タール長官はニコニコと笑い、気に入った様子だった。

タールさんがじゃがいも嫌いだった事に、莉奈は少しだけ驚いた。

「酸味がしつこくなくて、美味しいですね」

「お酢は好きじゃないけど、これはイイ‼」

「じゃがいもがスゴく美味しい」

「だよな。じゃがいもなんか、モソモソして好きじゃなかったけどイイね」

「なんか。他の物につけてみたい」

魔導師五人にも好評の様だった。

お皿に残ったマヨネーズまで、キレイにじゃがいもに付けて食べていた。

「あっ。たぶん、夕食に同じのが出ますけど、チキンカツサンドセット作って来たんで食べますか?」

「「〝チキンカツサンドセット〟?」」

皆が一斉に小首を傾《かし》げると、なんだか可愛《かわい》いと莉奈は笑った。

「これです」と、莉奈は魔法鞄《マジックバッグ》から、チキンカツサンドセットのトレイを一つ出した。飲み物はエギエディルス皇子と同じ、リンゴジュースが付いている。

「その紙の中に、チキンカツサンドが入ってるんだぜ?」

作った本人でもないのに、エギエディルス皇子がふふんと自慢気に鼻を鳴らしてみせた。

先に知っているのが、少し優越感を感じるみたいだ。

「開けても?」

「タールさんのですから、どうぞどうぞ」

お伺いを立ててきたので、莉奈は手を添えて強めに勧めた。

タール長官はまず、輪っかに揚がったキツネ色の物体に、ピクリと口が微妙に動く。少し大きめのグラスに注がれているのは、想像だがリンゴのジュースなのだろう。そして……包み紙。

「……っ！」

ゆっくりと包み紙を開けた途端に、タール長官の表情が綻《ほころ》んだ。

見るからに柔らかそうなフカフカのパン。それに挟まる緑の野菜達。そして、見た事のないキツネ色の衣を纏《まと》った何か。

チキンカツと言うのだから〝鶏肉《とりにく》〟なのだろう。

周りに何が付いているか……なんてどうでもイイから、カブリつきたい。

——ゴクン。

タール長官を囲む様に見ていた、魔導師達が生唾《なまつば》を飲み込んでいた。

「お好みで添えてある、タルタルソースを付けて食べて下さいね？」

マヨネーズが苦手でも食べられる様に、パンには入ってはいないのだ。後乗せ。好きなだけ乗せればイイ。

「タルタルソース」

「マヨネーズにピクルスとか、玉ねぎを混ぜたソースです」

口を綻ばせたタール長官に、莉奈は再び笑みが溢《こぼ》れた。マヨネーズが気に入ったみたいだから、興味津々なのだろう。

「エドはお兄ちゃんと食べるんでしょ？」

エギエディルス皇子が誘惑に負けて、いそいそと自分のを魔法鞄《マジックバッグ》から取り出そうと手を掛けたので、莉奈はくすりと笑った。

小腹が空《す》いていて目の前で食べられれば、食べたくなるよね？

「うっ……」

手を離した皇子は、待てをくらった仔犬みたいに、シュンとしてしまった。

……ヤバイ。マジで可愛過ぎる‼

莉奈は目尻《めじり》が垂れに垂れていた。

何この超可愛い～皇子‼

「エド。ククベリーのアイスクリームあげるから、チキンカツサンドは後でお兄ちゃんと食べなよ」

「やった‼」

今食べたら唯一の家族団らんが無くなるしね。でも何か食べたそうだから、作り置きのアイスクリームを出してあげると言ったら、キラッキラと瞳《ひとみ》が輝いた。

ヤバ～イ‼　萌《も》え死にしそう。

莉奈は鼻血が出そうで、鼻や口元を慌てて手で押さえていた。

乙女ゲームにハマる同級生の気持ちが、異世界で分かるとか……リアルヤバイ‼

タール長官が、チキンサンドを口にした瞬間、驚きと歓喜の混じる声が漏れた。

「んんんっ‼」

「いつものパンと違う！」

まずは、口にした周りのパンの柔らかさに驚いていた。

石のパンから、バゲットもどきのパンが主流になってはいる。だが、さらに柔らかいパンを口にして驚きしかなかったのだ。

あれだけでも衝撃だったのに、さらに上回る柔らかいパンがあるとは。

「砂糖を加えると、柔らかくなるんですよ」

「砂糖……んっ……チキンカツ……はぁ～、ロックバードが美味しい」

莉奈の話を聞きながらチキンカツも頬張《ほおば》れば、さらに歓喜の声が漏れる。あの魔物の肉の美味しさ。それを柔らかいパンと、サクサクのチキンカツが引き立てまとめるタルタルソース。

「これが、チキン……カツサンド」

タール長官は皆が見ているのも忘れ、気付けば無我夢中でペロリと平らげていたのであった。

――コトン。

程なくして莉奈がエギエディルス皇子にアイスクリームを出すと、その場の時間が一瞬止まった。

「「「…………」」」

チキンカツサンドを食べ終わったタール長官を含め、全員がエギエディルス皇子の目の前にあるアイスクリームに釘付《くぎづ》けだったのだ。

「うっまっ！　ククベリーはブラックベリーよりサッパリしてるけど、ウマイな」

味の濃いブラックベリーより、酸味も控えめなククベリーは甘くて美味《おい》しい。エギエディルス皇子はご満悦な表情を見せていた。

滑らかなアイスクリームを舌で転がす様にして、口溶けを楽しんでいるみたいだ。

エギエディルス皇子も、次兄に負けず劣らず甘味が好きだよね？

「ククベリーのアイスクリームは……ミルクのアイスクリームと違いますか？」

タール長官はゴクリと唾《つば》を飲み込んだ。

チキンカツサンドで、お腹《なか》は満たされてはいる。だが、あの時食べたミルクアイスとは、また違うアイスクリームを見れば、ついつい生唾が出る。あれとは、どう違うのかと。

「全然違う。俺はミルクよりコッチの方が好き」

「タールさんも食べますか？」

莉奈はタール長官に訊《き》いてみた。莉奈に目線を移したその目が口ほどにモノを言っていたからだ。

「はい‼」

タール長官は、実に良い笑顔で返事を返してきた。

「右がククベリー、左がブラックベリーです。ミルクアイスにはお好みで濃い紅茶かベリーソースをかけてお召し上がり下さい」

莉奈は寸胴からアイスクリームを掬《すく》うと、一つの大皿に三種類のアイスクリームをのせた。濃い紅茶とベリーソースは、よく珈琲《コーヒー》や紅茶に付いている、小さいミルクピッチャーに入れてある。後がけ出来る様にだ。

ミルクのアイスクリーム作りには、タール長官も関わっているしタップリのせたよ。お世話になっているから、お返しも兼ねている。

「……むっふ」

ククベリーのだけだと思っていたので、タール長官は目を瞬かせ口元を緩めた。

アイスクリームはあのミルクしか知らなかった。なのに、自分の知らない間に種類が増えていた。そしてそれを賞味出来るなんて、気分も躍る。

部下がそこにいるのも完全に忘れて、アイスクリームを堪能し始めた。

「はぁあっ〜。実はあれからずっと食べたかったのですよ。しかし……機会がないというか、なんというか……あぁ、この奇跡の様な舌触り……ん〜夢心地」

タール長官は、まずはミルクのアイスクリームをそのまま口に入れて楽しんでいた。

フェリクス王と作った、あの恐怖は今も忘れてはいない……が、その後に食べたアイスクリームは最高であったのだ。夢にも出るくらい、あの感動は忘れられなかった。

「……あ……あの」

莉奈や皇子、タール長官がソファに座りアイスクリームを堪能している中、魔導師達は立ったままである。なんだったら、チキンカツサンドセットも貰《もら》っていなかった。

くれる様な話ではなかったのだろうか……？

「……あのっ‼」

魔導師達は莉奈達が、存在を完全に消去している様なので、声を少しだけ張り上げた。忘れないで下さい……と。


チキンカツサンドは後であげるとして、アイスクリームにも興味津々そうなので一人くらいは良いかな……とある事を提案する事にした。

「この木の箱に、五本の棒が入ってるんだけど。赤い印の付いた棒を引いた人に、デザートにアイスクリームを付けてあげる」

魔法鞄《マジックバッグ》から、くじ引き用の木箱を取り出した。そして、赤い印のついた棒を見せて確認させると、カシャカシャと混ぜた。

そうなのだ。莉奈は、軍部〈白竜宮〉でやろうとした事をしようと考えたのだ。あれから、アチラではどうなったのやら。

「5分の1……」

莉奈がやろうとしている事を、瞬時に理解した魔導師達は呟《つぶや》いた。

この中の一人だけが、シュゼル皇子垂涎《すいぜん》のアイスクリームを口に出来る。

「では。手始めに一番の年長者である私が……」

莉奈の持つ木箱に、一人が手を伸ばした……瞬間に皆の変なスイッチが入った。

「年長とか年少とか、ここでは関係はないのでは？」

「長官のお側に付いてから長いのはこの私。まずは私が」

「いやいやいや。こういうモノを年少に譲るか否かで、年長組の資質が問われるというもの。ここは一番年若い私がまず」

「それを言うなら、あなたは年こそ若いが、魔法省に入ったのは私が一番遅い」

「年長者に譲ってなんぼでしょう？」

そして、モメる。この国オカシイ。

「皆で同時に引くんだから、後でも先でも良くない？」

莉奈は思わず呆《あき》れて言ってしまった。

誰《だれ》から引こうが大差はないと思うからだ。先に引いたその人が当たれば、ハズレしか残らないが、同時なら同じ。

「「良くない!!」」

全員から即答が返ってきた。

「一番初めに引くのを決めた者が、一番確率が高い!!」

「先に選んだ者が当たりを引いてしまったら、外れしかないではないですか!!」

「大体、同時に棒を選べばカブる事もある！」

「同じ棒を選んだら譲れと？」

「譲った棒が当たりだったら、どうするんですか!?」

なんだか知らないが、怒られた莉奈。実に理不尽過ぎる。要は、たとえ同時に棒を上げるにしても、結局選ぶ事になる。先に選んだ者の、残りから選ぶのがイヤみたいである。

まぁ。でも考え方じゃないかな？　初めは5分の1。その人が当たらなければ、次の人は4分の1だ。

「わかった……なら、こうしよう」

莉奈は皆の頭をブン殴りたい衝動を抑え、提案する。

「一人一回ずつ、棒を引いてもらう。これなら確率は常に5分の1」

だが、もちろん誰にも当たらない可能性もある。

「……ふむ。それならいいかもしれませんね」

「異論なし」

「その提案、賛成です」

常に一定の確率で引ける事で、納得した魔導師五人は莉奈から木箱を受け取り一人ずつ、運命の時を迎えた。

皆は気合いで棒を引いた。


——そして。誰も、当たらなかった。


「あぁ。そうだリナ」

莉奈が呆れていると、タール長官がポンと手を叩《たた》いた。

そんな後ろで、アイスクリームを貰えなかった魔導師五人は、魂が抜けている。5分の1とはいえ、一人も当たらないとか……くじ運無さ過ぎだよね。

「なんでしょう?」

「コレ。乾燥させて焼けば食べられるのですよね? どうすれば良いのですか?」

そう言うと、タール長官は魔法鞄《マジックバッグ》からステンレスのバットを取り出した。

高さ15センチ、横45縦30センチの大きさのバットに、青紫の何かがドンッと入っている。

そう……青紫の何かだ。

「「……」」

莉奈とエギエディルス皇子は、ソレを見た途端に絶句した。

「……ヴィル……廃棄しなかったのかよ」

エギエディルス皇子は、口を押さえウンザリしている様な表情をしていた。食べられるらしいとは伝えたが、当然廃棄すると思っていたのだ。

「食べられるのに？　もったいない」

「もったいないとか……アホじゃねぇの？」

エギエディルス皇子は完全に呆れた。そんなモノをもったいないと言って、棄てないヤツがいるなんて想定外である。


【キャリオン・クローラーの心臓】

一度乾燥させて焼くと、舌や身体《からだ》がピリピリして珍味である。


……マジか。コレ食べる気でいたのかよ。

まさかと思い【鑑定】して視て、そのまさかに莉奈はドン引きしていた。

なんで取っておくのかな？　タール長官〜？　フェリクス王、廃棄しろって言ってたじゃん。

「リナ？」

「あの～……食べるんですか？」

「ええ。だって食べられるのですよね？」

何か？　とタール長官は、にこやかに微笑みを返してきた。

「「……」」

念のため、本気なのかなと訊いてみたら、まさかのその返答。

莉奈はエギエディルス皇子と顔を見合わせ、さらにドン引きしていた。食べようと考える強者《つわもの》、チャレンジャーがいるとは思わなかった。だってコレ、毒の芋虫の心臓だもの。

「このまま、自然乾燥ですか？」

皆がドン引きしているのもお構い無しに、タール長官はどうすれば口に出来るのか訊いてきた。

冗談とかではなく、本気で食べる気満々である。

「マジで食う気かよ」

エギエディルス皇子が、口を押さえタール長官を不審そうに見ていた。

ロックバードは魔物とはいえ、見た目は鳥だ。だから、食べる気にもなれた。だが、これは芋虫。あの姿を見ていても尚、よく食べようと思うなと感心さえする。

「だって、食べられるのでしょう？」

「「……」」

再び全員絶句である。食べられると【鑑定】で出たからといって、本気で食べる?

あ〜そうか。こういう人が、ナマコとか初めに食べるのか……。

「リナ?」

理解に苦しむ莉奈が言葉を無くしていると、再びタール長官が声を掛けてきた。何がなんでも口にしたいらしい。

自分の【鑑定】を信用してくれるのは、ものスゴくありがたいが……う〜ん。莉奈は唸《うな》っていた。

「スライスして……乾燥させた方が……食べやすいと思いますよ」

良く分からないけど、ビーフジャーキー的な感じ?

莉奈はタール長官の熱視線に諦《あきら》めて、調理の仕方を教えた。自分で言いながら、頬《ほお》がヒクヒクとひきつる。

だって、青紫のジャーキーだよ? ……キモイ。青色系は、人が食べてイイものではないと思う。

「調理は苦手なので、お願いしてもよろしいでしょうか?」

タール長官は莉奈を見て、満面の笑みを浮かべて頼んだ。

初めてのモノなので自分では、調理のやり方がよく分からないからだ。ならば、料理が出来て食用と【鑑定】した莉奈に頼むのが一番であると、思った様だ。

……はぁっ? ……全っ然よろしくないよ!? 青紫のキモイ心臓を、私が調理するんですか!?

「リナ。お願いします」

「……」

「お願いします！」

「……」

「お願いします‼」

タール長官はドン引きしまくっている莉奈に、手を合わせ深々と何度も頭を下げた。そこまでして、コレを食べたいらしい。どうかしている。

「……分かり……ましたよ」

分かりたくはないけど‼

頭まで下げられて、さすがにノーとは言えない莉奈は、ため息を吐《つ》きながら頷《うなず》いた。もう、どうとでもなれである。

「ありがとうございます‼」

タール長官は余程嬉《うれ》しいのか、莉奈の手を握り感謝してきた。

タール長官がゲテモノ好きなんて、顔からは全然想像出来なかった。ゲオルグ師団長なら、納得するのに……。

「なら……タールさん、これ。ほんのり凍らせてもらえます？」

覚悟を決めた莉奈は、タール長官に調理しやすい様に加工して貰《もら》う事にした。ガチガチに凍らせるのではなく、生と冷凍の中間くらい。

「ほんのり……カチコチではない感じでしょうか？」

「そうですね。半解凍くらい？」

「それは構いませんが。凍らせる理由をお訊《き》きしても？」

「スライスするのに、少しだけ凍らせた方が薄く切れるので」

生のままでは、グニグニして切りづらいから凍らせた方が良い。しゃぶしゃぶ用までは薄くはしないけど、乾燥させるにしてもその方が良いハズ。

「なるほど。では……」

タール長官はそう言って、手を翳《かざ》すと白い霧みたいなものが青紫の心臓の廻《まわ》りにモヤリとかかった。その瞬間ゆっくりと、キャリオン・クローラーの心臓が凍っていった。

「このくらいでいかがでしょうか？」

「……イイ……んじゃないですか？」

何が正解か、もはや良くわからなくなっていた莉奈は、ヒクつく頬を抑えていた。

いや〜っ。やっぱり……コレ調理したくない‼　人間の心臓とは違うけど、血を送るのは同じなのか太い管、いわゆる血管が見える。青筋だよ青筋‼

肉の塊というより、臓器そのモノの姿形をしているのだ。

キモイきもいキモイきもいキモイ‼

触りたくもない……と、鳥肌が立っていた。

「んじゃ、エド。コレ鞄に入れといて」

「自分の鞄に入れろや‼」

莉奈が当然の様にバットを自分の前に滑らせてきたので、エギエディルス皇子は激しくツッこんだ。莉奈も魔法鞄《マジックバッグ》があるのだから、自分の鞄に入れろと。何故《なぜ》コッチによこすのだ。

「え~っ」

「え~じゃねぇ」

「満杯っていうか~」

「うそをつくんじゃねぇ‼」

「キャリオンちゃんをここに持って来たのエドじゃん」

「芋虫に〝ちゃん〟なんか付けてんじゃねぇよ‼」

ブツブツとイヤそうに文句を垂れる莉奈に、エギエディルス皇子は青紫色の心臓の入ったバットを押し返した。頼まれたのは莉奈だし、承諾したのも莉奈だ。責任を持て。

二人が押し問答みたいなやり取りをしている中、タール長官は「どんな味がするのでしょうね？」と楽しそうにニッコリと微笑《ほほえ》んでいるのであった。

◇◇◇

「え？　……馬にも酔ったの？」

帰る前に魔法省の厨房《ちゅうぼう》に来てみたら、マテウス副料理長がいた。コッチにロックバードの肉を届けるのと、チキンカツを教えに来たらしい。

莉奈が魔法省に来る《こっち》とはいえ、教えるのは料理人達の仕事である。復習も兼ねてマテウス副料理長と軍部のサイルが来た様だった。

白竜宮とは王宮を挟んで真逆、正反対の位置にある黒狼宮。徒歩なら一時間くらい。馬を使っても三十分近くは掛かる。

だから、軍部の人が瞬間移動《テレポート》の魔法で連れて行ってあげると言ってくれたらしいけど、酔うから馬でとお願いしたみたいだ。

なのに、馬でも酔ったらしい。マテウス副料理長は災難である。

「馬にも酔うことなんてあるんだ。竜でも酔うのかな？」

莉奈はふと疑問に感じた。確かに乗り物酔いがあるのだから、馬でも酔うのだろう。馬に乗った事がないから、考えた事もなかった。なら、竜はどうなのだろうか？

「安心しろ。お前が酔うことは、絶対にねぇから」

「え？　どういう事かな？」

瞬間移動《テレポート》でも酔わない莉奈が、今さら竜で酔うとは思えない。エギエディルス皇子が、莉奈の疑問に即答した。

「酔うわけがない」

だが、どこかトゲがある気がする。図太いみたいに聞こえた。だから、軽く睨《にら》んでおいた。

「失礼じゃない？　ポコチョッチ殿下」

「ぷっ……お前、マジで牢《ろう》に入れてやる」

エギエディルス皇子は思わず吹き出した。適当にも程がある。

マテウス副料理長やサイルは、相変わらずの仲良しコンビに苦笑いしていた……が、初めて見た黒狼宮の料理人達は呆気《あっけ》にとられていた。

初めて見ると、大概そうなる。

◇◇◇

「しかし。この厨房は香草《ハーブ》系が多いね」

莉奈は早速、冷蔵庫や棚等を見ていた。作るつもりはサラサラないけど、宮それぞれ特色があって楽しい。

「魚や野菜を好んで食べる方が多いんですよ」

女性の料理人が教えてくれた。お酒もワインが多いとか。

「ふ～ん。なら、チキンカツだけじゃなくて、フィッシュフライも作って、どっちか食べたい方を選ばせるのもイイかもね？」

なんか知らない魚があったけど、白身魚なのは分かった。これをフライにすれば最高だろう。タルタルソースをたっぷりかければ、チキンカツ共々絶品である。

「フィッシュフライ」

復活したマテウス副料理長が、隣にいた。

「小骨を取る下処理は面倒だけど、チキンカツ同様にパン粉をつけて揚げると、鶏《とり》とは違った味わいがあるよ」

フィッシュフライのサンドウィッチも美味《おい》しい。

「まっ。試しに何個か作ってみよっか」

皆のキラキラとした目に堪えられず、莉奈は結局こう言ってしまったのである。基本チキンカツと作り方は同じだから、マテウス副料理長とサイルは手際よく材料を用意してくれた。

パン粉はチキンカツよりも、少し細かくしてもらったけど。

「チキンカツと同じ様に衣をつけてもイイけど、せっかくだからフィッシュフライは違う衣にするよ」

応用も知っておくと面白いだろうと、莉奈は提案した。

「違う衣って？」

「チキンカツの場合は、小麦粉、卵、パン粉の順番だったけど。卵はつけないで小麦粉をアレンジする」

「「ん？　どういう事？」」

マテウス副料理長とサイルは、首を傾《かし》げた。チキンカツの作り方も初めてだったのに、また新しい衣があるのかと感心しながら聞いていた。

「まず、ボウルに小麦粉と片栗粉を入れて塩を少々……で重曹を入れてとりあえず混ぜる」

「「え⁉　重曹⁉」」

莉奈が魔法鞄《マジックバッグ》から当然の様に取り出して入れたので、皆は驚愕《きょうがく》していた。

重曹は口にする物ではないのだ。

「は？　石鹸《せっけん》の材料だろ⁉」

「掃除する粉だろう⁉」

理解が出来ないのか、皆は信じられないと混乱していた。

「まぁ。掃除にも使うけど、料理にも使えるよ。入れると膨らんだりするからお菓子にも使える」

「「はぁ〜〜っ」」

皆は感心やら驚愕やら、目を丸くさせていた。

これは、掃除をしていたラナ女官長に貰った〝重曹〟。別名ベーキングソーダともいう。天然石から作れたりするらしい。

【鑑定】したら〝食用〟と表記されていたから貰った。

〝重曹〟にコンスターチとかを加えて、口にしやすくしたのが〝ベーキングパウダー〟。コンスターチがあったから、ベーキングパウダーも作れるに違いない。

和菓子には重曹。洋菓子にはベーキングパウダー。大豆があるのだから小豆《あずき》もどこかにあると思う。おはぎとか苺《いちご》大福、和菓子も食べたいな。

「で、軽く混ぜたら。エールを入れる」

「「「エール⁉　エールも入れるのか⁉」」」

「チキンカツの衣とは違って、エールを入れるとサクッふわっとなって美味しい」

「「「はぁ〜〜〜っ」」」

皆は、何度目か分からない驚きの声を上げていた。パンを細かくして衣にするのにも驚きだが、エールや重曹を入れるなど驚愕過ぎる。どんな物になるのかも、想像がつかない。

「お前。マジすごいな」

エギエディルス皇子が感心した様に言った。莉奈にかかれば、何でも料理にしてしまう。彼からしたら、それは魔法の様だった。

「フィッシュフライも、チキンカツと同じでタルタルソースをつけると美味しいよ？」

「なら、フィッシュフライサンドも作ってくれ‼」

エギエディルス皇子は、チキンカツ、タルタルソースの言葉で想像出来たのか、パンに挟んでくれと手を挙げた。

「はいはい」

莉奈は苦笑いしていた。魔法鞄《マジックバッグ》があると、欲しい物が好きなだけ保存出来て便利だよね。

ちょっと痩《や》せぎみだった彼が、良く食べる様になったとラナ女官長達も言っていた。彼はしっかり身体《からだ》も動かすからイイけど、何もしない皇子だったら……ただブクブク太るだけだろう。

色々作ってはあげるけど、他でカロリーを調節して、エギエディルス皇子は私が絶対太らせないけどね。だってやだもん、太った皇子様。

そんな事を考えながら、莉奈は色々混ぜてトロミがついた小麦粉を白身魚につけていく。後は、パン粉をつけて油で揚げるだけ。

油に投入すれば、ジュワジュワと泡を上げて揚がる白身魚。それが、次第にシュワシュワと音が変わり、泡も小さくなっていく。チリチリと音が最後に変化すれば、揚がった証拠である。

油切りのバットに乗せて、程よく油が切れたら一口サイズに切り分ける。エギエディルス皇子と自分のは、別盛りにしてタルタルソースをかければ出来上がりだ。

「ほい、エド味見。揚げたてだから気をつけて」

エギエディルス皇子には、二個乗せた小皿を渡す。

細かいパン粉だから、衣は立ってはないけど……これはこれで、サクッふわっで美味しいハズ。

「はふっはふ……うまっ‼　いつもの油でベシャっとした魚と違って、サクッふわっでうまい‼」

「チキンカツとは全然違うでしょ？」

「違う。サクサクじゃなくて、サクッふわ」

エギエディルス皇子は、嬉《うれ》しそうに二個あったフィッシュフライをペロリと平らげた。パン粉はサクッとしていて、白身魚はふわっとしていたのだ。

莉奈が来る前に出ていた白身魚の揚げ焼きは、油まみれでベシャベシャだった。口に含むと油がジュワリと出てきて、口は油で一杯だし胃にもたれたぐらいだ。

だが、これは全然違う。油で揚げているのに油っこくない。衣の中の白身魚がふわっとしていて美味しい。

「魚なんか嫌いだったけど、すげぇウマイ」

エギエディルス皇子は、満面の笑みだ。

ん？　魚嫌いだったの？

莉奈は意外な事実に驚いていた。

あれ？　意外と好き嫌いあったりしたのかな？

確かに以前の野菜スープは、良くも悪くも素材の味しかしなかったから、私も好きではなかったけど。まっ、美味しく調理して食べて貰《もら》えればイイか。

「皆さんも、味見どうぞ？」

エギエディルス皇子を食い入る様に見ている皆に、大皿に乗せたフィッシュフライを手渡した。

こういう時って皆、犬みたいに〝ヨシ〟を待っているから面白い。


「白いソースは？」

誰かが手に取る前に訊《き》いた。そう、エギエディルス皇子にはタルタルソースを乗せたけど、皆のには乗せてはいない。

何故《なぜ》なら、作るのが面倒くさいから。自分のを減らしたくないしね。

「ないよ。後でマテウスさん達に教わって」

「え？　ないの？」

「ないよ？」

「「「え――っ⁉」」」

味見でそれも付いてくると思ったみたいだ。だが、莉奈は今すぐ食べろなんて言ってはいない。欲しければ先に、タルタルソースを作ってから食べればいい。

今日はもう、マヨネーズは作りたくはない。本当、マヨビームが欲しいよ。

「エド。エビがあったから、エビフライも作ってあげる」

ブーイングなんかどこ吹く風、莉奈はエギエディルス皇子のために他の揚げ物を提案した。先程冷蔵庫を見た時、エビがあったのだ。

エビフライとタルタルソースは、弟が一番好きな組合わせだ。エギエディルス皇子も気に入るに違いない。

もちろんフェリクス王の分も作って持たすのは忘れないよ。

「エビも揚げるのか？」

「エビフライがタルタルソース最強のタッグだと私は思います。エベレスト殿下‼」

「マジかよ‼」

莉奈がふざけて敬礼して見せたら、エギエディルス皇子はパッと表情が輝いた。訊いてみたらエビが好きらしい。ガーリック炒《いた》めが特に好きだとか。

「ならば、早急に作りたまえ。リナ炊事長官殿！」

「了解致しました！」

莉奈がふざけてみれば、皇子も同じく敬礼してみせた。なんだかそれが楽しくて、しばらく二人で笑い合っていた。その後に「待っててね」と言えば、エギエディルス皇子は、大好きなエビがフライになって食べられるのが嬉しいみたいで、満面の笑みで食堂に戻って行った。

「「……」」

そんなやり取りを初めて見た者は、皇子とものスゴく仲が良い莉奈に絶句である。

そして、比べるものではないのだろうけれど、莉奈の自分達と皇子に対する言動に、差別を感じる今日この頃だった。

◇◇◇

「リナリナリナ‼　エビフライすげぇウマイ‼」

エビフライをあげたら、あまりの美味《おい》しさにエギエディルス皇子がぴょんぴょんした。

大好きなエビが、さらに美味しくパワーアップして嬉しいみたいだ。サクップリッのエビフライに、ほのかな酸味のタルタルソース。口の中でエビが小躍りして、絶妙なハーモニーを奏でる。

『やったぁ‼　エビフライだ〜っ‼』

弟も大好きで、揚げてるとテンション高めでキッチンをウロウロしていたのを思い出す。

「タルタルソースとのコンビ最高でしょ？」

「マジで最強‼」

エギエディルス皇子も気に入ったみたいだ。ニコニコしていてスゴく可愛《かわい》い。

「ん。フィッシュフライ、サクッふわっで美味しい‼」

そんな彼の近くで、結局タルタルソースも作り、フィッシュフライにつけて食べている料理人達が歓喜の声を上げていた。

衣のサクッとした食感。白身魚のふわっとした食感。それをタルタルソースが引き立て揚げ物が美味し過ぎる。

　レモン汁もチョイ足しすればさらにサッパリするから、揚げ物なのについつい手が伸びる。

「な～に～こ～れ～！　あの魔物のロックバードってこんなに美味しかったの⁉」

「肉捨ててたし‼」

「肉汁がスゴくウマイ」

「プリップリッとした、エビフライ最強‼」

「タルタルソース最高‼」

「「マヨネーズ最高‼」」

　ロックバードを初めて口にした皆が、目を丸くし歓喜の声を次々と上げていた。美味しい物を食べれば元気にもなるし、心も躍るよね。

　匂《にお》いや歓喜の声に誘われ、次から次へと人が増えていた。気付けば味見の予定が、何故か立食パーティーの様になっていた。

　ロックバードのチキンカツ。フィッシュフライ。エビフライ。

　揚げては皆の口に入り、ちょっとしたお祭り騒ぎである。お酒が出ていないだけ、まだイイのかもしれない。

「そうだ、リナ。魔法が使えるんだから、魔法省に入りなよ」

「そうだよ。魔法省の子になればイイ‼」

「魔法省の仕事なんかイヤなら、ここの炊事係になればいい」

食べ物目当て、下心しかない黒狼宮の人達が騒ぎ出した。あからさま過ぎて苦笑いも出ない。

「ダメだ。リナは銀海宮《うち》の子だ‼」

マテウス副料理長が莉奈を背中に隠した。

多勢に無勢だ。莉奈をスカウトしてそのまま、こちらに引き込まれては困ると引き寄せた。

「違う‼　リナは竜騎士団に入団したんだから、白竜宮《うち》の子です‼」

軍部のサイルが、慌てた様にさらに莉奈を引き寄せた。莉奈は竜を番に迎えた。だから、竜騎士団に入ったのだと鼻息荒く主張する。余所《よそ》にやるものか……と。

「は？　魔導師なんだから、魔法省の管轄だろ？」

「違うし！　リナは竜に選ばれたんだから、軍部の管轄だよ‼」

「リナは総料理長なんだから、銀海、王宮の管轄だ‼」

気付けば、料理はさておき、莉奈放《ほんにん》ったらかしでモメ始めていた。

莉奈が何処の誰《だれ》の管轄なのか、各々が主張し自分達のモノだと主張していたのだ。王宮で料理は作ってはいるけど、確かに管轄はどこでもない。フェリクス王も何処とは言ってはいなかった。

こんな事でモメるなんて――コ・ワ・イ‼

莉奈は、本気で主張し合う人達に、ドン引きを通り越して恐怖を感じていた。莉奈的には、どこに所属する気もないし、料理人になるつもりもない。

だけど、なにやらヒートアップしていて、何か口を挟める感じではない。

そしてコレ、最後に莉奈はどうしたい？　と来るパターンだと思うと顔がひきつる。

「俺達がモメても仕方がない」

「あぁ。そうだな、リナ自身はどうしたいんだ？」

「リナに聞けばイイ‼」

結局、そう結論づけた皆は、予想通りに一斉に莉奈を見た。


…………が。

――いなかった。

危険を察した莉奈は、すでにエギエディルス皇子を引き連れて、コッソリと厨房《ちゆうぼう》から姿を消していたのである。

「「「…………」」」

莉奈がいつの間にかいない事に、皆は呆然だった。いついなくなったのだろう。

そして、いなくなった事で一同思考が止まり頭が冷えた。

自分達がモメても仕方がないと、冷静になるのであった。

第5章　突然の訪問者

王宮に戻る途中、エギエディルス皇子は面白そうに笑っていた。

「お前……いつ〝総料理長〟になったんだ？」

「しらないよ‼」

先程、どさくさ紛れにマテウス副料理長がそんな事を言っていた気はするが、まったく身に覚えがない。

「お前……炊事長官やら総料理長やら、しらない間に偉い身分になってんのな」

「どっちもご飯絡みですけど？」

両方とも料理を作る、という点でしか特化していない。何その身分。

「イヤなら、なんか他の身分でもやろうか？」

「……は？」

エギエディルス皇子は、サラッとスゴい事を言った。皇子であり王弟という立場があるのだから、身分を下賜するくらいどうって事はないのだろうが……何その職権濫用。

「俺達と関わってく以上、それなりの身分があった方が便利だろ？」

「そんなモノいらないよ。エド。しっしっ」

莉奈《りな》はエギエディルス皇子を手で払った。

王族と絡むから身分が必要になる。なら、関わらないに越したことはない。面倒にしか見えない。

「……」

エギエディルス皇子は、莉奈のその言動に呆然である。

身分をやると言って、自分を手で払い退ける人間がこの国にいるか？　身分なんて喉《のど》から手が出るくらい欲しがるモノだろ？

莉奈の行動は、エギエディルス皇子の予想の斜め上どころか、次元が違った。怒る気にもなれない。

「お前……マジで俺への対応どうかしてるし？　絶っ対に面白い身分にしてやるからな」

エギエディルス皇子は逆に燃えた。王族に媚《こ》びへつらう輩《やから》ならごまんといるが、全力で払いのける輩はいない。ここまで徹底されると、逆に裏がなくて気持ちがイイ。

「面白い身分って何かな⁉」

「面白い身分は面白い身分だよ」

嫌がる莉奈は面白い。エギエディルス皇子は莉奈をアッと言わせてやろうと、妙な闘志を燃やしていた。

「ふ〜ん。エドのお嫁さんとかかな〜？」

面白い身分なんか碌《ろく》な身分でしかない。莉奈は、ならば仕返しとばかりにニヤニヤと笑って、エギエディルス皇子の肩をツンツンする。

「おっ……お前なんか、嫁に貰《もら》うか――っ‼」

その瞬間エギエディルス皇子は、顔を真《ま》っ赤《か》にさせて叫んだ。自分の嫁のポジションが面白いと、言われたも同然なのに、そっちは頭に入ってこなかったらしい。

……アハハ。可愛《かわい》過ぎる。

莉奈は、そんなエギエディルス皇子を可愛いなと、優しく見ていたのであった。

◇◇◇

『お姉ちゃん。エビフライ美味《おい》しいね』

エビフライを久々に作ったせいか、その夜――――弟の夢を見た。

オムライス、エビフライ、からあげ、どれも弟が好きな食べ物だ。エギエディルス皇子と、楽しく仲良く食べている不思議な夢だった。

――あの時、魔法が使えれば……。

あり得ない話だが、魔法が使える世界にいるからこそ、強くそう思う。

あの時、魔法が使えたのなら……皆を救えたかもしれない。

考えたって無駄でしかないのは分かっている。だが、考えない日はなかった。

何故《なぜ》自分だけが助かったのだろう。何か出来たハズだと、後悔しかなかった。せめて自分も一緒に逝ければ良かったのに……と。


「……はぁ」

莉奈はテラスから夜空を見上げ、深い深いため息を漏らした。

夜空を見上げると、二つの月がぽっかりと浮いている。

大きな月に小さな月が、寄り添う様に浮かんでいるのだ。初めて見た時は怖かった。だけど、異世界にいるという非現実性が、逆に莉奈の精神を保たせていた。

あの現実から逃げたかった。そして、逃げられた現実なのだから。

心が非現実と現実の狭間《はざま》をウロウロしていると、呆《あき》れた様な面白そうな声が一つ聞こえた。

「色気のねぇ寝間着だな」

「……へ？」

テラスの端から、男の声が聞こえ莉奈は目を丸くさせた。

碧月宮《へきげつきゅう》の自分の寝室は、五階にある。だから、テラスも五階である。なのに、そのテラスの端から誰かの声が聞こえるなんて、普通ではあり得ない。

「お子様は寝る時間だろ？」

「……っ⁉」

テラスの端には、ニヤニヤと笑っている男の人がいた。

そう、男である。この世で一番闇夜《やみよ》が似合う、あの御方。

――バシン。

莉奈は咄嗟《とっさ》に履いていた内履きを投げたのだが、余裕で躱《かわ》しその手に取られた。

「叫ぶより先に、靴を投げるとか……面白過ぎるだろ。お前」

くつくつと実に楽しそうに男は笑った。

「乙女の部屋に、無断で入るとか……あり得ない‼」

莉奈は、突然の訪問者に頬《ほお》を紅《あか》く染め始めていた。

寝ていた訳ではないから対応が出来たけど、眠っていたらどうしていたのだろうか？　考えたくもない。

「くくっ。乙女……？　どこに乙女がいるんだよ？」

「……は？　目の前にいるでしょうが‼」

「乙女は靴なんか投げねぇ」

そう言って、訪問者は莉奈に近付くと靴を足元に放った。

「もぉ。うるさいな。こんな時間に何しに来たんですか⁉」

恥ずかしい気持ちを抑えつつ、莉奈はギリギリまでテラスの端に逃げた。夜に無防備だった莉奈は、なんだか胸がそわそわしていた。

「さぁ？」

「近寄るな変態」

面白そうに笑いながら、男は近付いて来た。テラスに逃げ道などある訳もなく、莉奈は端に追い詰められてしまった。

「……この俺にそんな口を叩《たた》くのは、お前くらいなものだぞ？」

そういうと、男は自分の羽織っていた薄手の法衣《ローブ》を莉奈の肩に掛けた。

「何しに来たんですか‼　陛下‼」

そう。こんな深夜にテラスに現れたのはフェリクス王だった。

しかも、普通はあり得ない五階のテラスにだ。

何故来たのかは分からないが、こんな時間、こんな格好、そしてこんな近くで、スゴく恥ずかしくて仕方がなかった。

「まぁ。少し、付き合え」

フェリクス王は、そう言うとクシャリと莉奈の頭を撫《な》でた。

「……」

莉奈は、理由も分からず眉《まゆ》をひそめる。今でなければいけないのだろうか？

そんな心情を察したフェリクス王は、再び莉奈の頭を優しくクシャリと撫でた。そして、法衣《ローブ》で莉奈を包みこみ、ヒョイと軽々片腕で抱き上げてしまった。

「……っ⁉　へ……陛下？」

突然抱き上げられた莉奈は、あまりの恥ずかしさに身体《からだ》をバタバタさせていた。フェリクス王との距離が近すぎて、どうしてイイのか分からない。

「暴れんなよ」

ネコの様に逃げようとする莉奈に、苦笑いしつつ。

「一人で泣くより、イイだろう？」

フェリクス王は、あいている右手を莉奈の頬に滑らせた。まるで涙を掬《すく》いとるかの様に……。

「……っ」

自分でも気付かなかったが、弟や家族を思い出して頬を涙が伝っていた様だった。

莉奈は、その仕草とフェリクス王の優しい微笑みに見惚《みと》れ、憎まれ口を叩く余裕はなかった。この距離で、そんな優しい声が、仕草が、莉奈の心を温かくしていた。

莉奈が大人しくなったのを小さく笑い、フェリクス王はその頬から手を離した。そして、テラスの手すりに足を掛けると、ふわりと飛躍したのである。

独特の浮遊感が身体を纏《まと》う。ゾワリと落ちる感覚とは全然違う。感じた事のない不思議な感覚であった。

そんな不思議な感覚に惚《ほう》けていると、あっという間に屋上に着いていた。テラスから跳び移った様だった。

「うっわ」

莉奈は思わず声を上げた。

怖かった訳ではない。その俊敏さと自分を抱えての力強さに驚いていたのだ。

軽くもない人を左腕に抱え、五階のテラスから屋上に跳ぶなんて、普通ではあり得ない。フェリクス王だから、出来るのかもしれない。

「早朝は、軍部からの景色《けしき》が一番だが……星なら何処も良く見える」

テラスで見るよりいいだろう？　とフェリクス王は言って、天を仰いだ。

そう言われ恥ずかしさを抑えて、見上げると……自分の世界より、断然灯《あか》りが少ないこの世界では、星がキラキラと瞬いて見えた。

山の上にある王城だ。そこから天を仰げば、遮るものなど何もなく、満天の星が広がっていた。手を伸ばせば届きそうで、夜空からは星が零《こぼ》れ落ちてきそうだった。

「……キレイですね」

「黒いのに乗って夜空を舞うのが、一番キレイだがな」

天に一番近く、そして完全に遮るモノのない竜からの景色は、実に壮大だと教えてくれた。

天には星空。地には街灯りが。光に包まれ空を飛ぶのは、竜を持つ者だけの特権だと。

「リナ。あまり一人で抱えるな」

フェリクス王は、遠くを見ながら優しい声で呟《つぶや》いた。

異世界に来た辛さや、悲しみ。莉奈の抱えているモノを、察してくれている様だった。

フェリクス王は、何故《なぜ》あそこにいたのだろうか？　どうしていたのかは分からない。

だけど、無性に心が寂しかった時に、この御方が現れた。誰か、側《そば》にいて欲しい時に来てくれた。

……それが素直に嬉《うれ》しい。

莉奈は、気付けばフェリクス王の優しさに甘えていた。悲しさを包み込んでくれる、そんな柔らかい温かさが心地《ここち》よかった。

「……陛下」

莉奈はこてんと、フェリクス王の肩に頭を寄せた。

「なんだ？」

フェリクス王の優しい声が、耳にこそばゆい。

——だけど、それが心地よかった。

だからなのか、莉奈の瞳《ひとみ》からは自然と涙が流れ落ちた。

「……生き方が分からない」

気付けば莉奈の口からは、ポソリと言葉が漏れていた。

それは、莉奈がずっと胸に秘めていた、正直な気持ちだった。

家族を失い。後を追う勇気もないまま……ただ、がむしゃらに生きてきた。

これが、一人生き残った罰なのだと……。

だけど……もう、生き方が分からなくなっていた。


「どう分からない？」

莉奈は、フェリクス王に優しく促されるまま、すべてを話していた。

過去に理不尽な事故にあった事。

それで、自分だけが助かった事。

そして、エギエディルス皇子が自分を召喚した日——

——自分は……死のうとしていた事を……。


「お前は何も悪くない」

フェリクス王は、泣きそうな表情《かお》をしている莉奈の頬《ほお》を優しく優しく撫でていた。いつも元気の塊の様な彼女が、いつになく弱っているのが分かったからだ。

表向きは元気に見えていただけで、ずっと前から心は悲鳴を上げていたのかもしれない。

フェリクス王は大きな手で、莉奈をあやす様に……ただ優しく優しく撫でていた。

「……でも——」

「お前は悪くない」

フェリクス王は、まだ自分が悪いと言う莉奈の言葉を遮ると、優しく諭す様に言いながら莉奈の頭を、いつまでも優しく撫でてくれていた。

『生き残って良かったね』

『可哀想《かわいそう》に……』

『他の家族の分も頑張って生きるんだよ』

『家族があなたを護《まも》ってくれたんだからね』

『辛いだろうけど頑張って』

……そうじゃない。

そんな言葉が欲しいんじゃない。

ただ……誰かに、こう言われたかった。

『お前は悪くない』

生き残った自分を、家族を助けられなかった自分を、誰かに救って欲しかった。

生きていても悪くはないんだと、言って欲しかった。

ずっと欲しかった言葉を……今、やっと聞けた様な気がした。

「生きてもいい……？」

莉奈は、ポツリと呟いた。

「生きろ……リナ」

フェリクス王の、優しくも力強い声が、莉奈の心に強く強く響く。

その瞬間……莉奈の心がふわりと、解放された気がした。

――――私は……生きてもいいんだ。

第6章　忘れたいような、忘れたくないような？

『おはよう』

——翌朝。

——優しい声が、聞こえた様な気がして目が覚めた。

フェリクス王と、ずっといた様な気がした。夢かと思ったけれど……現実だった。

ベッドの脇《わき》に、あの時羽織らせてくれた法衣《ローブ》があったのだ。

結局……フェリクス王は、何故あそこにいたのだろうか？

分からない……が。昨日《きのう》の事を思い出すと、頬が火照った。

『お前は悪くない』

あの言葉で……心が救われた気がした。

法衣《ローブ》を手に取ると、ほのかにフェリクス王の匂《にお》いがした。

莉奈《りな》はなんだか、そのこそばゆい香りに、思わず笑みを溢《こぼ》す。匂いが心地よかったのだ。お父さんとは全然違う、男の人の匂い。

だけど、嫌ではない。安心する匂いだった。

「リナ。おはよう、入るわよ？」

優しく温かい匂いに、包まれていると、隣の部屋からラナ女官長の声がした。

――あんぎゃぁあ～～っ‼

途中まで出かかった叫び声を、慌ててゴクリと飲み込んだ。

「……お……おはよう‼」

莉奈は、慌てて法衣《ローブ》から手を離し、思わず布団の中に隠した。

やましい訳ではないが、何故か見られたくないというか、知られたくないというか、複雑な気持ちだったのだ。

「熱でもあるのかしら？　顔が真っ赤《まっか》よ？」

ラナ女官長が寝室に入って来ると、莉奈の顔を見て心配そうに訊《き》いた。

昨夜の事を思い出していたら、顔が相当真っ赤になっていたらしい。

「ちょ……ちょっと暑かったから！」

熱を測る様に、おでこに触れてきたラナ女官長の横を、すり抜ける様にベッドから起き上がった。

フェリクス王がここに来たなんて、絶対に言えない‼

……っていうか。

自分の足でベッドに戻った記憶がな――い‼

腕に包まれて、ドキドキし過ぎて記憶にない。

慰めてもらったまでは、ぼんやりと記憶にある。

……だけど、そこから記憶がない。どうやって寝室に戻ったんだ？

法衣《ローブ》がここにあるのは何故《なぜ》？

まさか、あのまま寝ちゃって運んでもらったの⁉

「うっわ、う～～～っわ～～っ‼」

莉奈は急に恥ずかしくなり、顔を手で覆って床に丸まっていた。

冷静になれば冷静になる程、スゴく恥ずかしい‼

お子様みたいに抱っこされて、頭ナデナデされて……。

――うわぁ～～っ‼

「リナ？　大丈夫なの？」

「大丈夫だけど……全然大丈夫じゃない‼」

「え？　何？　どっち⁉」

莉奈がしゃがんだまま悶《もだ》えているので、ラナ女官長は眉間《みけん》にシワを寄せた。一体何があったのか。

「あ～っ……あ～っ」

莉奈は忘れたいのに、忘れられず、恥ずかし過ぎて悶えていた。

アレはダメだ。破壊力ありすぎる。私が壊れる。

「「…………」」

そんな莉奈を、ラナ女官長や後から来たモニカが、怪訝《けげん》そうな表情で見ていた。何故、変な声を上げて悶えているのだろうか？　何か変なモノでも食べたのだろうか？

莉奈は見られているのも知らず、しばらく団子の様に床に丸まっていた。とにかく今は、頭から消し去りたい。莉奈は、一生懸命奮闘するのであった。

◇◇◇

夜は明けたけど……今日は何もしたくない。昨夜の余韻が消えなくて、どうしてイイのか分からなかった。なんなら、あの法衣《ローブ》にくるまって寝ていたい。

……うぁ～っ!!　何言っちゃってんのかな!?

「散歩だ!!　散歩に行こう!!」

莉奈は、頭を冷やそうと外に走り出した。

ジッとしていても、胸がムズムズしてソワソワしてどうしようもなかったからだ。身体《からだ》を動かせば、落ち着くのではと気付いたら走り出していたのだ。

「たのも～う!!」

「だから。その挨拶《あいさつ》は、なんなんだよ！」

走りに走り回って結局、いつもの通り王宮の厨房《ちゅうぼう》の扉を、勢いよく開けていた。様子が変な莉奈を、皆が苦笑いしつつ迎えてくれる。

莉奈は、そんないつも通りの皆の顔を見たら、頭が切り替わった。

変わらない日常って大事だよね。忘れるには、何かを作って食べるに限る‼

「ねぇ、ねぇ。何作るの？」

ワクワクした様な声が聞こえた。見ればリリアンである。

まだまだ下っ端の料理人で、莉奈の宮を護《まも》る警備兵アンナの従姉妹《いとこ》らしい。幼馴染《おさななじみ》だとは聞いていたがビックリである。髪や瞳《ひとみ》の色こそ違うが、確かによく似ている。

「作らないという、選択肢はないのかな？」

「「「ない‼」」」

一応訊《き》いてみたけど、全員即答で返してきた。

……なんだろう。このモヤッとする返答。

ただ、見に来ただけっていう選択肢があってもイイと思う。

でも、今日は作る気はある。だから、莉奈は文句は返さず、棚からボウルを取り出した。

「「「マヨネーズだな⁉　マヨネーズを作るんだな⁉」」」

「なんでだよ。昨日作ったでしょ‼」

ボウル＝マヨネーズではないのだ。大体、二日連続でそんな疲れるモノは作らない。

昨日作り方を教えたのだから、莉奈が作る必要性はないのだ。食べたければ自分で作ればイイ。

「んじゃ。何を作るんだ？」

ボウルだけ出したところで、何のヒントにもならないのか、皆が期待に満ちた目で見ている。

「昨日《きのう》、卵黄しか使ってないから卵白が大量にある。だから――――」

「「「お菓子を作るんだな⁉」」」

莉奈が最後まで言うまでもなく、皆の勝手な想像で言葉を切られた。

「……」

正解だけど……決め付けられるとイラッっとする。

「「「お・菓・子っ‼」」」

「「「ふ――――っ‼」」」

まだ、何も言ってないのに、背後では料理人達が小躍りしている。もう、莉奈がお菓子を作ってくれると、思い込んでいた。

う～ん。卵白でお菓子が出来るなんて事、言わなければ良かったのかもしれない。

「お菓子を作るけど、この中から数名、体力に自信のある人に手伝ってもらいます」

「体力？」

「え？　何するの？」

莉奈が卵白で何をするのかが分からない皆は、一斉に眉《まゆ》を寄せた。体力が必要とは、何だ？

「卵白を泡立てて〝メレンゲ〟っていうモノを作るんだけど、体力が必要」

「マヨネーズくらい？」

「マヨネーズより」

莉奈は、多少の筋力も必要だと教えた。マヨネーズは混ぜるだけ。メレンゲは泡立てるから、体力と筋力が必要である。下に押すと回る手動の泡立て器や電動のハンドミキサーがないからね。

この国に補助する機械はないんだし……お菓子なんて、か弱い女子の作るモノではないと思う。

「ねぇねぇねぇねぇねぇ。手伝ったら、味見で貰《もら》えるの？」

〝ねぇ〟が多すぎるリリアンが、莉奈の肩を突っついた。

大変でも貰えるのなら参加したい、という事らしい。

「先着五名に――」

「「「はいはいはいはい!!」」」

言い終わる前に、皆がものスゴい勢いで挙手してきた。なんだったら食い気味過ぎて、圧を感じる。

「とりあえず。料理長のリックさん、副料理長のマテウスさん……後は、体力の有り余っているリリアン。軍部のサイルさん――で最後」

最後の一名は……と、莉奈は辺りを見回した。皆は固唾《かたず》を飲《の》む。全員になんて行き渡らないのだから、試食がしたい。

「小窓からガン見してる。アンナにする」

莉奈はいつの間にか、ギラギラ獲物を狙《ねら》う様な目で見ていた、警備兵のアンナに決めた。

無駄に体力と筋力があるし、お菓子が出来たら出来たでうるさいだろう。なら、巻き込んでしまえと選んでみた。

「やったぁ〜っ‼」

アンナは手を挙げて、飛び跳ねた。休憩時間に、覗《のぞ》きに来てみた甲斐《かい》がある。

選出されなかった料理人達は、ガックリと肩を落としていた。口に出来るとしたら、後は運次第だからだ。

厨房に入るので、リリアンに浄化魔法をかけてもらっているアンナは、妙なテンションで小躍りしている。動きの一つ一つがウザいと思った莉奈は、人選を間違えた……と少し後悔した。

「え〜。では、早速メレンゲを作っていきたいと思います」

――パチパチパチパチパチ。

お菓子作りに選出された五人が拍手をしていた。実に楽しそうである。

背後には恨めしそうな料理人達がいるけども……。

「メレンゲとは、卵白を泡立てたモノだから、卵白をひたすら泡立ててもらいます」

莉奈は、大きめのボウルに卵白を入れ、泡立て器でカシャカシャと泡立てて、こんな感じとお手本を見せた。

「泡立てるってどのくらい？」

リック料理長が訊いてきた。泡立てる様な料理がほとんどないので、基準が分からない様である。

「〝ツノ〟が立つくらい」

泡立て器を持ち上げ、泡立て器から落ちないくらい固くである。

「「〝ツノ〟？」」

理解が出来ないのか、皆が首を傾《かし》げた。

「牛のツノ？」

「トナカイのツノ？」

「一角ウサギのツノ？」

「デビルボーンブルのツノ？」

「ユニコーンのツノ？」

知っている限りのツノを挙げる皆。莉奈のいうツノが、なんのツノだか分からない。

――そこからかよ‼

莉奈は遠い目をしていた。

〝ツノ〟はツノである。泡立てる時はツノが立つまでと、日本では普通に使っていたが、ココではやはり通じないらしい。

そして、ユニコーンがいるのか……。幻想の生き物ではないのかと、少しだけワクワクしたのは内緒にしておく。

「まぁ。ツノは人それぞれ。リックさんはラナが怒った時に、頭に見えるツノの固さを想像して、泡立ててくれればイイよ」

「……卵白では絶対無理だ」

この世界にも、鬼に似たモノでもいるのか、莉奈のいうところのツノが理解出来たらしい。

莉奈にそう言われたリック料理長は、怒り心頭の妻のラナ女官長を想像し、ブルッと身体《からだ》を震わせた。顔面も蒼白《そうはく》である。

――卵白では無理って……どんなツノを想像したの？

「マテウスさん達は、イベールさんのツノでも想像して泡立てたら？」

マテウス副料理長達も、げんなりして項垂《うなだ》れた。

「「「卵白では無理だ」」」

――だから、どんなツノを想像してるのかな？


――シャカシャカしゃかしゃかシャカシャカ。

リック料理長達が、必死に卵白を泡立てる音が厨房に響いている。

皆が皆。それぞれのツノを想像して……。

――シャカシャカシャカシャカ。

ツノの固さは誰《だれ》も聞かない。このくらいでイイ？　と途中で訊いてきても良さそうなものだけど、絶対に固いと分かったらしい皆は、一心不乱に卵白を泡立てている。

そんな皆を見つつ莉奈はふと、フェリクス王なら？　と想像してみた。

『お前は悪くない』

「ひぎゃあ～～っ‼」

途端に莉奈は、妙な奇声を上げてボッと顔を赤らめると、泡立て器をガシャガシャと勢いよく泡立て始めた。

昨夜の事を思いだし、恥ずかしくてどうしていいか分からない。あ～あ～と消し去る様に、卵白にその想《おも》いをぶつけていた。

一心不乱に卵白を泡立てる莉奈達。そんな莉奈達を横目に、他の皆は思う。

何を想像すると、そうなるのだろうか？

◇◇◇

「卵白……泡立てたよ。……これくらいで……どう？」

リック料理長が、息をきらせている。

卵白を泡立てていた莉奈達も、ぜぇぜぇと苦しそうな息を吐いていた。

それぞれの想いが、このメレンゲにたくさん詰まっている。そういうと……実に壮大だ。

「完璧《かんぺき》」

リック料理長が、見せるために持ち上げた泡立て器は、ものスゴく固く泡立った卵白が、こんもりとついていた。ツノは立ち過ぎなくらい立っている。泡立て器どころか、ボウルを逆さまにしても、メレンゲは落ちないに違いない。

「この卵白が泡立った状態が〝メレンゲ〟っていう」

「「「へぇ～っ」」」

皆が大きく頷《うなず》いた。卵白を泡立てると名称が変わるのかと。

「で、このメレンゲを使って〝メレンゲクッキー〟と〝ラング・ド・シャ〟っていうお菓子を作るよ」

「「「いやっほ～っ‼」」」

待ってました！　とばかりに、マテウス副料理長達が歓喜の声を上げた。

リック料理長は疲れきっているけれど。

「メレンゲクッキーは、超簡単。メレンゲに砂糖をざっくり混ぜて、オーブンで焼くだけ」

「え？　材料はこれだけ？」

「そっ。超簡単でしょ？」

メレンゲを作るのは面倒だけど、材料は少ないし混ぜるだけだし簡単だ。

莉奈は簡単に説明しながら、リック料理長とマテウス副料理長にやらせてみた。

実際作ってみた方が、感覚が分かるからだ。

二人はふむふむと頷きながら、ヘラを使ってメレンゲと砂糖をざっくりと混ぜていた。

混ぜ過ぎると、せっかく泡立てた卵白が萎《しぼ》むから、あくまでもざっくりでイイ。

「本当は絞り袋に入れてやるんだけど、ないからスプーンを使って鉄板に乗せる」

「なるほど。スプーンを二つ使って乗せるんだな？」

ふわふわしたメレンゲ生地は、そのままではスプーンにへばりついて落とせないから、少し湿らせたもう一つのスプーンで鉄板に落とす。

もちろん鉄板には、くっつかない様に薄く油をひいてある。クッキングシートがあればベストだけど、代用で油紙を敷いてもイイ。

「んじゃ。メレンゲクッキーは焼ければ出来上がり。次は〝ラング・ド・シャ〟を作ろう」

「「「オー‼」」」

予熱しておいたオーブンに、並べたメレンゲクッキー生地を入れてスイッチをONにした。これでヨシ。後は、焼けるのを待つだけ。その間に別のお菓子を作る。

「〝ラング・ド・シャ〟も意外と簡単。材料はメレンゲ、バター、砂糖、薄力粉を混ぜて作る」

分量はレシピ本によって違うけど、面倒くさいから、全部1：1で混ぜて作る。これなら簡単だ。

「バターは、砂糖と一緒にグリグリ混ぜて」

「こうか？」

これは、軍部のサイルにもやらせる。リック料理長とマテウス副料理長と合わせて三人だ。リリアンとアンナは大雑把過ぎるから、やらせない。ガシャガシャ混ぜられたらメレンゲが萎んでしまう。

「白っぽくクリーム状になったら、メレンゲを入れてなるべく泡を潰《つぶ》さない様に……上手《うま》い上手い。さすが、料理人」

口だけの説明なのに、リック料理長達三人は理解出来たのか、キレイに混ぜてくれた。

「お菓子作り……面白いな。ハマりそうだよ」

リック料理長が、楽しそうに呟《つぶや》いた。クリームを混ぜたりするのが、今までの料理にはない感覚で面白いみたいだ。

「混ぜるのって、なんか楽しいよね～」

莉奈もそれには頷き笑った。お菓子作りって、手間しかないけど、スゴく楽しいのだ。

料理番組でお菓子を作っているのを観るのは、特に好きだった。テレビ番組は必ずチェックして、予約していたくらいである。作る作らないはともかく、人が作っている工程が好きだった。

「混ざったら、ザルでふるった薄力粉を入れて、これもざっくり混ぜる」

「なんで、薄力粉をザルでふるうの？」

リリアンが不思議そうに訊《き》いた。そのまま入れるのではいけないのかと、気になるらしい。

「ダマになるから」

「なるほどね。確かにキメが細かい」

「繊細なんだな」

リック料理長とマテウス副料理長が、混ぜながら納得していた。

「混ざったら、さっきみたいに鉄板に並べてオーブンで焼く」

「「分かった」」

二人は頷いて、先程と同じ様に鉄板に並べてオーブンに入れた。

チョコレートがあれば、出来上がったラング・ド・シャにつけるとさらに美味《おい》しい……がない。

シュゼル皇子に話せば、何がなんでも探してきそうだが……チョコレートを作る工程が面倒だ。

言わないに越した事はないな……と、口を引き締めた。

ちなみに、焼き上がったラング・ド・シャをアイスクリームにトッピングすると絶品だ。シュゼル皇子が戻って来たら、忘れずに献上しよう。

だって……怖いから‼

厨房《ちゅうぼう》には、クッキーの焼き上がる甘い甘い香りが充満し始めた。この甘～い匂《にお》いって、ものスゴく堪《たま》らない。

クッキー店の前を通ると、いつも誘惑に負けて買ってしまいそうになる。家で焼いていれば、弟は自分の部屋からスッ飛んで来た。

「何を作っているんだ⁉」

ほら。こんな風に……。

「エド。勉強はサボり？」

様子を見に来たエギエディルス皇子が、小窓からぴょんぴょんしていた。相変わらず可愛《かわい》い皇子だ。

「違う‼　さっきまで、フェル兄に無茶苦茶、殺されかけてたし‼」

そう慌ててエギエディルス皇子が言ってきたが、実に物騒な言い方である。フェリクス王兄弟の関係性を知らなければ、権力争いで襲われていた様に聞こえる。

多分だけど、剣の稽古《けいこ》でもしてもらっていたのだろう。頬《ほお》に擦り傷がある。多少のケガは、治療薬のポーションは使わないみたいだ。

――チン。

オーブンから、軽やかな焼き上がりの合図がした。

「あっ。クッキーが焼き上がったから、オヤツにしよっか」

「うん‼」

エギエディルス皇子は超可愛い。もう莉奈はメロメロである。

食堂で待っていてもらって、ついでに彼の好きな甘い飲み物を作る事にする。

「先に食べてもイイ⁉」

甘い匂いに負けたアンナとリリアンが、皇子みたいにぴょんぴょん跳ねていた。

うん。ものスゴく可愛くない‼

「ダメに決まってるでしょ‼」

アンナとリリアンをおとなしくさせた。

二人はシュンとしたけど……可愛くない‼

「それに、ラング・ド・シャは冷まさないと食べられないよ？」

「「……？　どうして？」」

リック料理長とマテウス副料理長が訊いてきた。出来立てが一番ではないのかと、気になる様だ。

「ラング・ド・シャは熱いままだと、ふにゃっとしていて美味しくない。冷やしてやっとサクサクして美味しくなる」

そうなのだ。ラング・ド・シャは焼き立てはふにゃふにゃである。冷ますと水分が揮発してサクサクになるのだ。

冷ますのは十分くらいで充分。皇子に飲み物を作っている間に、ちょうどイイくらいに冷めるだろう。

「「へぇ。焼き立てが一番でもないのか」」

食べ物によっては、冷ました方が良い物もあるのかと、感心した様である。しかし皆の目線は、甘い匂いが香るクッキーに釘付《くぎづ》けだ。

エギエディルス皇子も待っているから、さくっと飲み物を作っちゃおう。

◇◇◇

「エド。出来たよ〜」

飲み物も作って、エギエディルス皇子の待っている食堂に来てみれば、甘い匂いに誘われた人達が群がってきた。基本的に朝、昼、夜の三交代制だから、休憩時間は皆まちまち。日によっては早朝や深夜組も加わり五交代制になっており、食堂には必ず誰かがいる状態だ。

だから、莉奈が厨房にいると、誰かが見かけてアッという間に来てるぞ〜と噂《うわさ》が広まる。

新作料理が出る可能性が高いので、皆が引き寄せられる様に自然と、厨房に足が向く。

……で、この堪らなく甘い匂いがすれば、皆はもうメロメロである。蜜《みつ》に集まる蝶《ちょう》……ではなく、砂糖に群がるアリの様に、集まっていた。

「すげぇ。邪魔」

エギエディルス皇子が、ウンザリした様に言った。一応、配慮はしてはいるものの、エギエディルス皇子を囲む様に輪になっている。厨房から莉奈が出てくれば、アイドルの出待ちの様に目が爛々《らんらん》としていた。

そして、人々が一斉に捌《さば》け莉奈が通る道ができる。さながらモーゼの様であった。

「……なんだコレ」

莉奈はドン引きである。私は神か‼

「リナ。何を作ったんだ⁉」

「甘いイイ匂いが、すげぇするんだけど‼」

「お菓子か？」

「「「お菓子なんだな⁉」」」

もはや収拾がつかない。エギエディルス皇子までの道のりが、近くて遠い。

「何個か余分に作ってあるから、皆で――」

「「「よっしゃーっ‼」」」

分けなよ、と言う前に、警備兵の皆は厨房の出入り口や小窓に押し掛けていた。

襲撃ともいう。エギエディルス皇子もドン引きである。

「エド。食材の供給量をどうにかしないと、そのうち暴動が起きるんじゃない？」

「……だろうな。フェル兄達も、増やす事を考えてる」

圧倒的に足りない。早い者勝ちなんかにしたら、血を見るだろう。フェリクス王達も危機感を感じ、出来る限り供給する量を増やす予定らしい。

「この国は……いつかリナによって、滅ぼされるのではないでしょうか？」

莉奈はビクリとした。いつの間にか、執事長イベールが背後に立っていたのだ。

どいつもこいつも、音もなく現れないでくれませんかね？

心臓がバクバクして、痛いんですけど？

「ないとは言えない」

エギエディルス皇子が、厨房の様子を見ながら呆《あき》れ笑いをしていた。

あれは異様だ。まさか、食べ物でモメる日が来るとは、想像もしなかった。

莉奈が本気になれば、食べ物を使って戦争すら起こせそうである。

「……ないよ‼」

一瞬、二人が何を言っているのか理解出来なかった。食べ物で国が滅ぶ訳がない。

「リナ〜。スゴい甘い匂いがするんだけど‼　何を作ったの⁉」

甘い匂いに誘われたのか、侍女達を何人か引き連れてモニカがやって来た。後ろには、ラナ女官長もいる。

「あ〜」

面倒な事この上ない。人数が増えれば、それだけモメる。

「「リナ!!」」

モニカだけでも面倒なのに、侍女達もいる。追及されたら何も言えない。

「私達にも、クッキーちょうだい」

莉奈にクッキーの事を聞いたモニカが、侍女達を引き連れて争奪戦に参戦した。わらわらと群がる厨房に突撃である。

「あぁ?」

態度の悪い警備兵が、ゾロゾロと来たモニカ達を一斉に睨《にら》み付ける様に見た。何しに来たのだと言わんばかりである。

「何よ？　文句でもあるの？」

気の強い侍女は、ビクともしない。なんなら逆に睨み返していた。

「……」

エギエディルス皇子にクッキーを差し出そうと、魔法鞄《マジックバッグ》に手を掛けていた莉奈は、そんな様子の皆に固まった。

——こっわ。不良かチンピラの抗争みたいだ。

「私達も貰《もら》う権利はあるでしょ？」

侍女の一人がそう言えば、

「たかが侍女の分際で偉っそうに」

警備兵が、小バカにしたように鼻を鳴らした。侍女より警備兵の方が、偉いとでも言いたいらしい。

何故《なぜ》、煽《あお》る様な事をするのかね？　いらんケンカを仕掛けて得でもあるのかな？

莉奈は呆れていた。どの世界も、はた迷惑な人はいるものである。

「はぁ？　前から思ってたけど。侍女だからって下に見すぎじゃない？」

「いやいや。実際、下なんだから仕方ないだろ？」

さらに警備兵が、小バカにする様に嘲笑《あざわら》った。

「警備兵の何処が上なのよ‼」

「少なくとも、てめぇよか上だよ！」

「はぁ〜〜っ⁉」

「なんだよ⁉　やるのか？」

抗争……いやケンカが始まりそうだった。

それもそうだろう。侍女という仕事を馬鹿にされた様なものなのだ。噛《か》みつかんばかりの勢いだ。

くだらな過ぎる。どっちが上か下かなんて、低レベル過ぎるケンカである。

ハブVSマングース——そんな抗争を、砂かぶり席で見たくはない。執事長のイベールをチラリと見てみたら、エギエディルス皇子を庇《かば》う様な位置に移動していた。

止める気はないらしい。とばっちりが来ても皇子だけは護《まも》る……って事なのか。

ん？　私は巻き込まれてもイイ……と？

……まぁ。イイけど。

「女のクセに偉そうにしてんじゃねぇよ」

「そんなんだから。クズはモテないのよ‼」

「なんだと⁉」

もはや、収拾がつかなくなってきた。このままでは、誰かしらから手が出るのも、時間の問題だろう。料理人達は、避難し始めている。エギエディルス皇子は、呆れ果てていた。

「はいはい。いい加減にしなよ」

仕方がないとばかりに、莉奈はパンパンと手を叩《たた》きながら間に入っていった。不本意だけど、原因は自分にあるのだろう。

「あぁ？　邪魔すんなよ。リナ」

「そうよ、リナ。これは私達の問題だわ！」

部外者は入ってくるな……とばかりに侍女と警備兵が睨みつけてきた。おまけに来るなと、肩を手でトンと押された。邪魔をするなという事か。どうやら、もう止める気はない様である。

「よっ！」

——バキッ‼

軽い掛け声が聞こえた瞬間、近くにあったテーブルが激しい音を立てて真っ二つに割れた。

「「「……え？？」」」

皆がテーブルを凝視して、固まった。

一体何が起きたのかまったく理解出来ず、思考が停止したのだ。

何故、テーブルが割れたのだ？

一斉にテーブルを見れば、

「あっ。ごめ〜ん？　足が滑っちゃった」

頭を掻《か》きながら、テヘヘッと笑う莉奈がいた。

「「「……は？？」」」

皆は真っ二つに割れたテーブルと、莉奈を交互に見た。

足が滑った？　どうして足が滑るとテーブルが割れるんだ？

なんだったら、今、掛け声が聞こえなかったか？

まったく理解が出来ない。だが、テーブルが真っ二つに割れているのも事実。皆は、恥ずかしそうに笑う莉奈を二度見した。

「リナ。そのテーブルは安くはありませんよ？」

皆が、何が起きたか首を捻《ひね》っていると、執事長イベールが冷ややかに言った。

「すみませ〜ん。何故か足が滑っちゃって〜」

莉奈はテヘヘッと改めて笑った。

もちろん足が滑った訳ではない。皆を黙らせるために、蹴《け》り割ったのだ。踵《かかと》落としで。

「「「…………」」」

皆、唖然呆然《あぜんぼうぜん》である。

微笑《ほほえ》む莉奈を見て驚愕《きょうがく》し固まった。

気のせいではなく、莉奈が割ったのか？

え？　莉奈が⁉

「もぉ。仲良くしないと、頭カチ割っちゃうぞ？」

莉奈は可愛《かわい》らしく首を傾《かし》げて、フフッと笑った。

……え？　……頭を……頭をかち割るーーっ⁉

「「「……は……はい」」」

その言葉にゾッとした皆は、静かに大人しく返事をした。

真っ二つのテーブルと莉奈を見て、明日は我が身だと悟ったのだ。

——莉奈を、怒らせてはいけない。


——そして、厨房《ちゅうぼう》も食堂も、静かになった。

後から、甘い甘い匂《にお》いに誘われた虫達は、ニコニコしながら食堂に集まり、真っ二つに割れたテーブルを見て絶句した。

――何が起きたのだ？

そして、近くにいる執事長《イベール》に気付き、彼を怒らせたに違いない……と、勝手に納得し頬《ほお》をヒクヒクとひきつらせていた。

「アレを私の所業だと思われるのは、至極心外なのですが？」

イベールが冷ややかに莉奈を見た。後から来る皆が皆、割れたテーブルを見た途端にイベールを見て〝あぁ〟と妙に納得していたからだ。

「まぁまぁ。お詫《わ》びにクッキーでもどうぞ」

日頃《ひごろ》の行いじゃない？　とは言えない莉奈は、魔法鞄《マジックバッグ》から皿に乗った二種類のクッキーを差し出した。

ちなみに、揉《も》める原因になったクッキーは、すべて莉奈が持っている。収拾がつかないからだ。

メレンゲ作りに参加したリック料理長他四人には、ちゃんと後で渡すけど……。

王宮は食材が豊富にあるから、基本的には後々全員に行き渡る。だが、莉奈の作るモノは別格なのか、すぐ取り合いになってしまう。

特に、まだまだ砂糖は貴重なので、甘味は毎日は出ない。莉奈の作る数も限りがある。取り合い、奪い合いになりがちなのであった。

「……」

イベールはそれをチラリと見ると、無表情無言でそれを受け取り自分の魔法鞄《マジックバッグ》にしまった。

この人、食べたくても下さいとは、性格上言わないだろうしね。

これで、テーブルの弁償もナシにしてくれたら、有り難いのだが……。

「お前……ナンなの？」

エギエディルス皇子が、割れたテーブルを唖然《あぜん》とした表情で見ていた。

テーブルを踵で割る女を初めて見たのだ。それも、目の前で。

嘘《うそ》ではない、トリックもない。ノンフィクションだ。

「淑女の嗜《たしな》み？」

「そんな淑女がいて堪《たま》るかよ!!」

ホホホ……と、口元を押さえて笑う莉奈に、皇子は呆れまくっていた。どんな淑女が、嗜みの一貫としてテーブルなんかを割るのか。しかも、蹴り割ってもケロッとしているのだから驚きである。

普通なら割れないし、足を負傷するレベルだ。なのに、ふざける余裕さえあるのだから。

「何か、武道の心得が？」

近くで聞いていたイベールが、話に割って入ってきた。

目の前で見た限り、怒りに任せ思わず突発的にやってしまった様には見えなかった。それはそれは、見事な踵落としだったからだ。素人《しろうと》ではなく、武道を習っている様に見えたのだ。

「ん～。少し？」

ウソである。ガッツリだ。なんだったら中学時代に、空手の試合で優勝した事もある。それなりに、格闘技の心得なんかもあったりした。

「少しというレベルでは、ない様に見えましたが？」

あの踵落としは、お遊び程度にかじったレベルには、到底見えなかった。イベールの目には、極めた様なフォームに見えたのだ。

「んじゃ、そこそこ？」

「……」

莉奈が言い換えたところで、イベールはますます不審の目で見るだけだった。

「なんで、武道なんか習ってんだよ？」

不審より疑問を感じたエギエディルス皇子が、今度は訊《き》いてきた。習ってなければ、あんな芸当は到底無理である。初めて会った時の子ブタのような姿からは、まったく想像出来ない。

失礼だが、莉奈に武道や武術なんて絶対に無縁としか思えないのだ。

「あ〜。小さい頃《ころ》、不審者に拐《さら》われかけて……お父さんが、習っとけって少し？」

空手と言っても、分からないかなと思った莉奈は言葉を濁した。

あまり覚えていないが、幼少期に拐われかけたらしい。それがきっかけで四六時中、自分が付いてはやれないと父が嘆き、空手やら合気道やら、とりあえず身を護れる様にと莉奈に習わせたのだ。

そして、元からハマり易い莉奈は、料理同様に空手にもハマりにハマって極めてしまった。

習うきっかけを軽く説明すると、いつの間にか近くに来ていたラナ女官長が、莉奈を優しく抱き締めていた。

「怖かったでしょうね……リナ」

同じ女として、子供を持つ親として、莉奈の怖さも母の気持ちも痛い程分かる。最後には結局、自分の身は自分で、守らなければならないからだ。

ラナ女官長は、母の代わりに慰める様に、優しく背中や頭を撫《な》でていた。

……え？　いやいやいやいやいや。

……そのリナが一番怖いんですけど⁉

厨房にいるリック料理長達は、青ざめながら手を左右に振って否定していた。

頑丈なテーブルが真っ二つだ。そんな芸当をサラッとこなした彼女の方が怖いんですが？　と。

◇◇◇

揉め事《ごと》の多くなる食堂から出た莉奈達は、客間にいた。そこで母の様に優しいラナ女官長が、こぽこぽと心地よい音を立て紅茶をカップに注いでくれている。

モニカは、ケンカに参加した罰として、ここには同行はしていない。涙目で訴えていたが、致し方ない。

まぁ。便宜上あそこで渡せなかっただけだから、後で少しあげるけどね。お世話になっているから。

「ありがとうラナ。んじゃ、五人でゆっくりクッキーでも食べよう」

莉奈がそう言うと、紅茶を淹れてくれたラナ女官長も、テーブルに着いた。

莉奈、エギエディルス皇子、ラナに加えて、リック料理長とマテウス副料理長を合わせた五人である。

ちなみに、執事長様はテーブルの片付けがあると、同席していない。

まぁ、初めから同席する気があったとは思わないけど。テーブルの修繕費は、今までの功績と相殺してくれる……との事だった。良いのか悪いのか……。要は次はない……という事だろう。

「しかし……リナに呼ばれた時は……一瞬頭カチ割られるのかと思ったよ」

リック料理長が、心底ホッとしたようにため息を吐《つ》いた。

エギエディルス皇子と食堂から出て行く時、莉奈に〝リックさん〟と呼ばれ心臓が止まるかと思ったのだ。

「俺も」

マテウス副料理長も同様に、深い深いため息を一つ。

あの割れたテーブル、あの状況で、ちょっと来てと呼ばれれば、誰《だれ》でもそうなるだろう。

「人様の頭をカチ割る訳ないでしょ⁉」

あれは冗談である。莉奈は本気で怯《おび》える二人に呆《あき》れた。そんな事をしたら、ただの殺人である。

「「……」」

「ちょっとそこ‼　黙らない‼」

返答がなく、虚空を向いたので、強めにツッ込んでおく。

私をなんだと思っているのかな⁉

「「アハハ」」

部屋には、皆の楽しそうな笑い声が響くのだった。


「こっちがメレンゲクッキー。そっちがラング・ド・シャね」

莉奈はテーブルの上に、カタンとクッキーの乗ったお皿を置いた。

もちろん、全部は出さない。だって、リック料理長とマテウス副料理長には、先程クッキーは渡してはあるし。シュゼル皇子の分も取っとかなきゃだし、エギエディルス皇子にはたくさんあげたいしね。

「すっげぇ。イイ匂《にお》い」

エギエディルス皇子が、スンスンと匂いを嗅《か》いでいた。

クッキーをテーブルに出せば、皆が先程初めて嗅いだ香ばしくて甘い甘美な香りがした。

「フレンチトーストも甘い匂いはしたが……クッキーは格段に甘いイイ匂いが」

「堪りませんね。厨房に残されたアイツ等は地獄でしょうけど」

リック料理長、マテウス副料理長が、厨房にいた連中を思い出し苦笑いしていた。

厨房にはもうクッキーはないが、残り香が漂っているのだ。口に出来ないのに、この甘美たる匂いを、ずっと嗅いでいるなんて最悪でしかない。

「……んっ⁉」

まずはと、エギエディルス皇子がメレンゲクッキーを口にして、目を見張っていた。

砂糖を使っているから、甘くて美味《おい》しいのはもちろんだが……。

周りは見た目通りサクッとしているのに、噛《か》むとしゅわしゅわと解《ほぐ》れて消えていったのだ。初めての食感である。

「何……この食感！」

「サクッとしたかと思えば、口の中でしゅわしゅわっと消えていく‼」

「しかも、すごく軽い‼」

ラナ、リック、マテウスも、次々と口にし、初めての食感に驚きを隠せないでいた。

「「「美味しくて……面白い‼」」」

皆が、顔を見合わせ瞳《ひとみ》を瞬かせていた。

そうなのだ。このメレンゲクッキー、スゴく軽い食感で周りはサクッ、口に含むとしゅわしゅわと消えていく不思議なお菓子。空気を含んだメレンゲだからこその、面白い食感だった。

「ラング・ド・シャは？」

莉奈は、久々のクッキーに舌鼓を打っていた。焼き立てのクッキーなんか、滅多に食べられない。家でも、他のお菓子やご飯に埋もれて、作ってなかったから余計だ。

――サクッ。

皆の口から、小気味良い音がした。

「ん⁉　何だコレ‼　甘くてサクッとして旨《うま》い‼」

エギエディルス皇子は、サクリとラング・ド・シャを口で割ると、口を押さえて味や食感を楽しんでいた。

「お……美味しい‼」

「食感が堪《たま》らないな！」

「同じメレンゲ菓子なのに、こうも違うのかよ！」

ラナ、リック、マテウスは一様に驚きを隠せないでいた。

先程のしゅわしゅわなメレンゲクッキーとはまったく違い、サクッサクッと歯に心地よい食感が伝わる。味はもちろん美味しいが、口に広がる食感が堪らなく気持ち良かったのだ。

「エドはどっちが好き？」

「……どっち」

莉奈が、どちらが好みか訊いてみれば、エギエディルス皇子は、こっちはしゅわしゅわが良いとか、あっちはサクッとして良いとか真剣に悩んでいた。

——くすっ。

莉奈は思わず笑ってしまった。その悩む姿が、以前どのマティーニがいいか訊いた時の、兄王フエリクスにソックリだったからだ。

アハハ。兄弟揃って可愛《かわい》い。

第7章　莉奈《りな》の竜

クッキーを食べた後は、エギエディルス皇子と【白竜宮《はくりゅうきゅう》】に来ていた。

どっかの王様のいらぬ一言により、飛んでいった莉奈の番《りゅう》がやっと戻って来たらしいとの事。

何故《なぜ》〝らしい〟なのかというと、自分の部屋を決めた莉奈の番は、部屋の前に印の鱗《うろこ》を一つ置いて、また何処かに行ったからである。

——顔くらい見せろや‼

「あっ。ゲオルグさん、こんにちは」

竜の宿舎に来てみれば、近衛師団長のゲオルグがいた。莉奈が来るだろうと、待っていた様だ。

相変わらずデカイ。

「あぁ。リナ」

ゲオルグ師団長はエギエディルス皇子に会釈しつつ、莉奈を迎えてくれた。隣にいるのは補佐官のローレンと竜騎士になりたいアメリアだ。

エギエディルス皇子同様に、竜の広場にはしょっちゅう来ているらしい。

「うちの番が、戻って来たとかなんとか？」

「戻って来ていたな……ただ」

莉奈が訊《き》いてみたら、ゲオルグ師団長は、頬《ほお》をポリポリ掻《か》きながら苦笑いしていた。

「ただ?」

「スゴい所を自室に選んだよ」

「へ?」

莉奈は眉《まゆ》を寄せた。スゴい所とは何処なのだろう。

竜の宿舎は、白竜宮の近くの平地。山間や崖《がけ》にはないのだから、スゴい所などないハズだ。

「ここだ」

連れて来てくれた場所は、特別おかしな点はない。

莉奈の番の鱗は、誰かが付けてくれたのか梁《はり》に付いていた。ベッド代わりの藁《わら》も、たっぷり敷いてある。

別段、他の部屋と違うところはない。ただ、横並びに十もある部屋は、まったく使ってないのか空室が目立つくらいだ。

「ん?」

ここの何処がスゴいのか分からない莉奈は、キョロキョロ辺りを見回した後一人首を傾《かし》げた。

だが、その隣にいたエギエディルス皇子が、何かに気付いたのか空笑いしていた。

「白いヤツの近くとか……お前の番もイイ度胸してんのな」

エギエディルス皇子が、複雑な表情をしている。

そうなのだ。莉奈の番が決めた部屋は、シュゼル皇子の番、真珠姫の二つ隣の部屋だった。

「あ～二つ隣の角は真珠姫……え？　ダメなの？」

「ダメじゃねぇけど……他の宿舎が空いてるのに、わざわざ白いヤツや王竜の近くなんか、畏《おそ》れ多《おお》くて普通選んだりしねぇよ」

エギエディルス皇子は、呆れ半分、度胸に感心半分といった感じだった。別にここでなくとも、他の宿舎にはまだまだ空室がある。なのに、わざわざココを選んだ莉奈の竜。

何か意味があるのか、ないのならスゴい度胸である。

「あーそういう事」

言われて納得した莉奈。自分もわざわざフェリクス王やシュゼル皇子の近くに、自室を構えようとは思わない。なんなら、一番遠くの部屋を選ぶ。

「「「……」」」

沈黙が流れた。

――さすが。リナの番。

莉奈が部屋を見ている隣では、エギエディルス皇子やゲオルグ師団長達が納得していた。

普通の竜ならあり得ないが、莉奈の竜だ。あり得る‼

「部屋って、何処も藁しかないけど……何か飾ったらダメなの？」

質素、簡素と云えばそうだが、何もないに等しい。

つまらない……と莉奈は思った。フェリクス王は意味がないとは言っていたが、飾るなとは言っていなかった。

「飾る習慣がない」

「そもそも。アイツ等、基本ガサツだから、何かを飾ってもすぐ壊すんじゃやね？」

ゲオルグ師団長、エギエディルス皇子が答えてくれた。性格上の理由もあるのだろうが、そもそも尻尾《しっぽ》や翼があるのだから、引っかけたり踏んだり、飛ばしたりするに決まっている。

飾るだけ無駄な気しかない。

「まぁ。そうかもだけど。藁だけってのもつまらないから、なんか飾ってイイ？」

っていうか。飾りたい。番が気に入らないって言ったら、飾りを取ればイイんだし。

「あ？　飾る？」

長年そんな習慣がないので、エギエディルス皇子は眉を寄せた。

「女の子の部屋だし。なんか飾りたい」

比べたら失礼だけど、犬や猫、ハムスターやフェレットだって、可愛い寝具がある。竜にだってあってもイイ。

「女……竜のメスを女の子なんて言ってるの、お前くらいなもんだぞ？」

「エグジット殿下。そういう意識改革から始めないと、番は持てませんよ？」

「「……っ！」」

莉奈が半分冗談で言ってみれば、エギエディルス皇子どころか何故かアメリアまでハッとし押し黙っていた。

まっ、男の子や女の子なんて意識して言ったところで、竜に響くとは思えないけど。だって、そんなの関係なしに、フェリクス王達は番を持てたのだから。

だが、番がいない二人には莉奈の言葉が響いたのか、唸《うな》っていた。

そんな二人を横目に莉奈は、話を続ける。

「ゲオルグさん。何人か、手の空いている軍部の人いませんか？　飾り付けを手伝ってもらいたいんですけど」

莉奈はゲオルグ師団長に相談する事にした。

一人では絶対に無理だ。天井は高いし幅がある。でも、やるなら徹底的に可愛くしたい。自己満足でしかないけど……。

「あぁ。何人かここに寄越そう」

「ありがとうございます。手伝ってくれた人には、何かごちそうし――――」

「「「手伝います‼」」」

しますね。と莉奈が最後まで言うまでもなく、ゲオルグ師団長達だけでなく、遠くで覗《のぞ》いていた軍部の人達までが声を上げげ、ピシリと挙手した。

手の空いている人……でイイのだけど。ゲオルグ師団長達、暇じゃないでしょうよ。

「俺も手伝うから、ナンかくれ‼」

エギエディルス皇子も、負けじとピョコピョコ飛び跳ねていた。

皇子は可愛《かわい》いからイイけど……。

それから小一時間、総勢十名で莉奈の番の部屋を飾り付けするのであった。


——が……この時、皆は知らなかった。

この飾り付けが、後々にちょっとした騒動に繋《つな》がる事を……。

◇◇◇

飾り付けが終わり、莉奈はエギエディルス皇子達と白竜宮の食堂に来ていた。皇子に何が食べたい？　と訊いたら、間髪容れずに〝からあげ〟と返って来たので、からあげを作ることにした。

皆にはごちそうはするけど、そこはエギエディルス皇子中心に作るからね。

ゲオルグ師団長達も、からあげには不満はないのか賛同の声を上げていた。

みんな、からあげ好きだよね～。エギエディルス皇子なんか、何かあるたびからあげだしね。

莉奈は笑いながら、調理に取り掛かるのであった。

「んっ？」

からあげを持ってきたら、エギエディルス皇子が目を瞬いた。

好物だからという理由もあるが、いつもと少し見た目が違うからだろう。

「リナ。これナンかした⁉」

そう言って嬉《うれ》しそうに訊く皇子が、超可愛い。

「さてどうでしょう？」

莉奈は一番にからあげをパクリと頬張《ほおば》った。

王族どころか、目上の者より先に食べるその行為。普通だったら断罪ものである。

――カリッ。カリッ。

口にした瞬間、いつものからあげより心地よい食感が口を襲った。衣がカリッとしていて、美味《おい》しい。その後に、襲撃するのは溢《あふ》れんばかりの肉汁。旨味《うまみ》を逃さんとばかりに、無言になる。

「うんま～いっ‼」

莉奈に続いたエギエディルス皇子が、歓喜の声を上げた。

大好物がさらに進化して堪《たま》らないのか、あまりの美味しさに手や足をバタバタさせている。しっぽがあったら確実に振っているだろう。

「リナリナ‼　周りが違う！　カリカリ度が違う‼」

「カリカリ〝度〟が違うのか」

莉奈は皇子の言う言葉に、思わず笑ってしまった。

カリカリ〝度〟なんて初めて聞いた。カリカリに度数があるらしい。そんな表現をするエギエディルス皇子に、莉奈は違う意味で手足をバタバタさせたい気分になっていた。

「いつ食べても、からあげは最高だな」

ゲオルグ師団長の口には、息を吸う様にからあげが消えていく。大手メーカーの掃除機も驚きの吸引力である。

「周りの衣？　がスゴい美味しい‼」

「チキンカツも美味しかったけど、からあげには負けるな」

「俺。三食からあげでも全然イイ！」

近衛師団の人達も、美味しい美味しいと次から次へと、皿に手が伸びていた。多めに作ったつもりだったけど、ドンドン皿からからあげが消えていく。

小麦粉をまぶして作った〝からあげ〟もイイけど、片栗粉もイイよね。小麦粉より衣がカリッと揚がって、堪らない美味しさだ。

「エド。タルタルソース付けても美味しいよ？」

莉奈は魔法鞄《マジックバッグ》から、タルタルソースの入ったボウルを取り出し皿に分けた。その瞬間、皆の視線がタルタルソースと皇子に集まった。

「マジか！」

エギエディルス皇子は、花の様に笑顔を咲かせるとタルタルソースに手を伸ばし、早速からあげにつけ口に入れた。

「はるふぁるほーす、まひはいほう」

「〝はいほう〟なのか」

エギエディルス皇子が頬張りながら言うから、まったくもって何を言っているのか分からない。

たぶん「タルタルソース、マジ最高」って言っているのだと思うけど……ナニソレ。私を萌《も》え死にさせる気か‼　と莉奈は一人萌えていた。

「リナ」

「どうぞ」

ゲオルグ師団長が、自分にもくれと目で訴えてきたので、無言で例の木の箱を差し出してみた。

「ん？　なんだ？」

「まぁ。一本引いてみて下さい」

ゲオルグ師団長は、木の箱をマジマジと見た。何だ？　と首を傾《かし》げる。

だが、莉奈は説明も全くしないでやらせる事にした。

だって、自分のタルタルソース減らしたくはないんだもん。

「引く？　棒を引けばイイのか？」

ゲオルグ師団長は、眉《まゆ》を寄せつつ莉奈の言う通りに棒を引いた。

――棒の先端は赤かった。

――チッ。

「はい。タルタルソース」

内心舌打ちをしながら、莉奈は渋々タルタルソースをお裾分《すそわ》けしてあげた。もちろん、エギエディルス皇子よりは少なめだけど。

「リナ。私も欲しいのだけど……」

お礼を言うと、さらに加速して、からあげを吸い込むゲオルグ師団長を見た補佐官ローレンが、もの欲しそうに言った。

「はい」

もちろん、素直にあげたりしない。当たり棒を引いたらである。

「引けばイイんだな?」

莉奈には素に戻るのか、敬語を捨てたローレンが棒を引く。

――チッ。

「タルタルソースをどうぞ」

赤い棒を引いたローレン補佐官に、タルタルソースを差し出した。軍部の二勝か……。

莉奈は何故か勝手に、勝負している気分になっていた。

「わ……私も」

アメリアもおずおずと、手を挙げてきた。

こうなったら、勝負だ。莉奈は木の箱をアメリアにも差し出した。

よっしゃ～！　と内心ガッツポーズ。先端は色なしだった。

「残念だったね。アメリア」

表情には出さないで言った莉奈。アメリアには悪いが、勝てて嬉しい。

対照的にアメリアはどんよりしていた。先に二人が赤い棒を引いて貰《もら》っていたから、自分も貰える気分になっていたのかもしれない。

「俺も‼」

「俺達も‼」

やるのはタダだから、当然皆も参戦してきた。

残りの皆は、色なしだった。

――よっしゃ～‼　私のタルタルソースは守られた‼

「リナ……心の声が出てるから」

アメリアが苦笑いしていた。どうやら皆がハズレた喜びが隠しきれず、莉奈は全身で勝利のポーズをしていたみたいだった。

「あら？　失礼しました？」

思わず立ち上がっていた莉奈は、ニコニコと着席した。そんな正直過ぎる莉奈を見て、ハズレた皆は負けた悔しさより、苦笑いしか出なかったのであった。

◇◇◇

「はぁ〜腹へった〜。あっ！　なんか食ってる」

「あぁっ‼　からあげじゃん。俺達にもくれよ」

ドヤドヤと軍部の人達が食堂に入って来ると、途端に揚げ物の匂《にお》いに導かれ、ゲオルグ師団長達のテーブルにあるからあげを見つけた。

料理人達は事情を知っているから、静観しているが、後から来た人達は知らない。

ただ莉奈に作って貰ったと思ったみたいである。

「やらねぇよ」

「なんでだよ？　いっぱいあるじゃんか」

「少しよこせよ！」

「「リナの手伝いをした、ご褒美だからやらねぇよ‼」」

クレクレ言う軍部の人達を、近衛師団の人達は皆が皆、自分のからあげは渡さんと振り払っていた。

ゲオルグ師団長は、そんな様子も気にもせず、落ちない吸引力でからあげを飲み込んでいた。掃除機メーカーも真っ青である。

「手伝いってなんだよ?」

「リナの竜の――って師団長!!　ちょっと、コッチの皿にまで手を出さないでくれます!?」

「コッチは俺達の領域ですってば!!」

「そんなの誰《だれ》が決めた?　早い者勝ちだろう」

「違~っう!!　そんな訳――だぁー減るーっ!!」

「「「誰か師団長を止めろーーっ!!」」」

近衛師団兵は後から来た人達より、ゲオルグ師団長の吸引力を止める方に必死である。相手をしている時間ももったいなかった。

「リナ!　手伝いをすればアレを作って貰えるのか!?」

アレとはからあげの事だろう。食べてる人達の話を途中まで聞き、莉奈の手伝いをしたから貰えたと、理解した様だ。

作って貰えばイイのに……と思わなくもない。だが、ここは社食や学食みたいなモノであって、レストランではない。だから通常、朝昼夜のメニューが決まっている。あれが欲しいなんて言っても、作って出しては貰えないのだ。

家でも店でもない。頼めば出てくるシステムではないのである。

だから今、からあげが食べたいのなら、今日のメニューがからあげか、莉奈に作って貰えなければ食べられないのだ。

そんなの関係ないとばかり、好き放題やらせて貰っている莉奈は、大好物のからあげをパクリ。

あ〜美味《おい》しい。

「リナ〜。なんか手伝うから、からあげ作ってくれ‼」

「なっ？　リナ様‼」

両手を合わせお願いポーズの軍部の人達。タールさんもやってたけど、コッチの神様にも、手を合わせる習慣があるのかな？　と莉奈はジッと見ていた。

「「「リ〜ナ〜」」」

どうしても食べたい皆は、一生懸命にお願いしていた。莉奈が意外と押しに弱いと、噂《うわさ》があったからだ。

そんな噂を知らない莉奈は、ふとある事を思い付いた。

「からあげ作るなら、何か手伝ってくれるの？」

「もちのロンよ‼」

「イエッサーリナ‼」

莉奈が重い腰を上げたと、軍部の人達は喜んだ。やっぱり押しに弱い！　これで、からあげが食べられる……と。

だが、喜んだのも束《つか》の間《ま》、莉奈が「んじゃ、これ。スライスしてきて」と魔法鞄《マジックバッグ》から取り出したモノを見て全員絶句した。

莉奈が取り出したのは、ステンレスのバットに入った青紫のナニかだった。

「えっ？　キッモ‼」

「ナンだよそれ。うぇっ」

「気持ち悪ぃ〜〜っ」

一斉に莉奈から距離を取ったかと思えば、口を押さえてえずいたり、鳥肌が立った腕を擦っていた。

「俺がからあげ食ってんのに、ンなもん出すな——っ‼」

エギエディルス皇子は眉間《みけん》に深いシワを寄せ、テーブルをドンと叩《たた》いた。からあげの美味しい余韻が台無しだと、いわんばかりに抗議している。

「そうは言うけど、スライスしないとなんも出来ないもん」

「ヴィルにスライスして貰っとけば良かっただろ⁉」

「あ〜。そこまで考えなかった」

「気持ち悪いから、サッサとしまえ‼」

エギエディルス皇子はさらに猛抗議である。食事中に見るモノではないと、ブツブツ言っている。

「リナ……それ」

口を押さえて青ざめていた近衛師団兵が、何かに気付いた様だ。あの時にいた人なのだろう。

青紫の物体。血管の様な管があるモノ。

「うん。キャリーの心臓」

そう、コレ。タール長官に調理よろしく、と言われた例の芋虫の心臓である。青紫で何か管が見えていて、何度見ても気持ちが悪い。

触りたくないから、スライスだけでもして貰おうかと莉奈は考えたのだ。スライスした後なら、箸《はし》かトングで掴《つか》めるからね。

「キャリオン・クローラーを〝キャリー〟とか言うんじゃねぇ‼」

エギエディルス皇子は、可愛《かわい》らしく呼ぼうが気持ち悪いと叫んでいた。

「……リ……リナ。まさか、食べるのか？」

ゲオルグ師団長が、頬《ほお》をひきつらせながら恐る恐る莉奈に聞いた。まさかとは思うが、ロックバードを一番に食べた莉奈だ。

気持ち悪いと言いながらも、鑑定で食用と出て、興味が湧《わ》いたのかと思ったのだ。

「まっさか～、食べる訳ないじゃん。私じゃなくて、タールさんだよ」

私だと思われるのは、実に心外である。

「「あぁ」」

タール長官の名を聞いた途端に、皆が大きく納得した様な声がした。

どうやら彼は、王宮ではゲテモノ、変わりモノ好きで有名みたいだった。

「早く。スライスして来てよ」

そう言って莉奈は、からあげをお願いしてきた人達に、心臓の入ったステンレスのバットをグイグイ押し付けた。

「「「えぇっ⁉」」」

「いや。なんて言うか……」

「触りたく……いや、その」

「腹が！　そうだ。俺、腹の調子が悪かったんだ！」

「おっ俺も、下痢‼　下痢だった‼」

「トイレが俺を呼んでいる‼」

「「「じゃ。またなリナ‼」」」

いくら魔物を解体出来るとはいえ、これはあの毒の芋虫。皆も触りたくない様である。

青紫の心臓をもう一度見るとブルリと身体《からだ》を震わせ、苦しい言い訳をしながら、慌ただしく消えて行ったのである。逃げたともいう。


——後日。

タール長官に、コレのスライスを頼む莉奈の姿が、魔法省にあったのはいうまでもない。

第8章　あの方の御帰還

――平和なひとときが、数日間流れていた。

莉奈《りな》の番の竜も再び宿舎に戻ってきていて、莉奈も大人しく？　実に平穏であった。

だが、そんな平穏な白竜宮《はくりゆうきゆう》の空に、雲に混じり白い竜が飛来した。

そう……あの御方が竜の番に乗って帰還したのだ。

途端に軍部【白竜宮】は慌ただしくなった。宰相シュゼル皇子の御帰還である。早急に出迎えねばと、バタバタと慌ただしく走る音が響いた。

「「殿下‼　ご無事の御帰還お待ちしておりました‼」」

シュゼル皇子が番、真珠姫からひらりと舞う様に降りると、先に着いた近衛師団兵が、右胸に手を添え頭を深々と下げて出迎えた。

「ゲオルグ。変わりは？」

「リナが、番を迎えました」

いち早く着いたゲオルグ師団長は、顔を上げそれに答えた。

王竜の事、そして竜が番に莉奈を選んだ事を、まず先にと報告する。

「そのようですね。先日、真珠姫から聞きました」

王竜の咆哮《ほうこう》は、遠征をしていた真珠姫の耳にも届いていた。詳しくは、他の竜達を介してシュゼル皇子の耳にも入っていたのだ。

「空色の竜だとか――」

宿舎は？　と言うまでもなく……莉奈の竜が宿舎からノシノシとやって来た。

白い竜である真珠姫とシュゼル皇子に挨拶《あいさつ》に来たのだろう。

「リナを番に選んだそうですね？」

挨拶もそこそこに、シュゼル皇子は莉奈の竜に訊《たず》ねた。王竜がいくら女性を番に持つ事を許したとはいえ、こんなにも早く女性が竜の番を持つとは思わなかった。

だが、あの莉奈である。真珠姫から聞いた時、驚いたのも確かだったが、何故か納得する自分もいた。莉奈ならあり得る……と。

「あの者には、不思議な感覚を覚えましたので」

空色の竜は、ご満悦の様だった。初めこそ怯《おび》えて見せたあの竜が、今や莉奈に懐きまくっていた。事情を知る者達からは、苦笑いが漏れていた。ゲンキンな竜だな……と。

「真珠姫と同じ宿舎ですか？」

チラリとだったが、この竜は真珠姫と同じ宿舎から出て来た様に見えた。珍しいなと興味が湧《わ》く。

王竜、真珠姫の宿舎は、遠慮しているのか畏《おそ》れ多《おお》いのか、他の竜はほとんど使わないからだ。

「はい、二つ隣に」

そう言って真珠姫を見た、空色の竜。

「そうですか。仲良くしてやって下さいね？」

シュゼル皇子は、真珠姫の鼻先を撫《な》で、ほのほのと微笑《ほほえ》んだ。どういう理由があるのか、ないのかは知らないが、同じ宿舎にやっと真珠姫以外が入って来たのだ。楽しくやって欲しいと願う。

「シュゼル。私は喉《のど》が渇きました。何か果物を」

どういうやり取りがあったのか、いつの間にか名前を呼び合う様になった一人と一頭。

皆が不思議に思う中、真珠姫はシュゼル皇子に果物を要求した。人を乗せ、空を飛んでいたので疲れたのだろう。

「ええ。あなたのおかげで、色々な食材が手に入りました。ありがとうございます真珠姫。少しゲオルグと話があります。先に宿舎に戻っていて下さい」

果物もそこへ持って行きますからね、とシュゼル皇子が言うと、真珠姫は頷《うなず》きノシノシと宿舎に帰って行った。

莉奈の竜も、その後を追う様にゆっくり付いて行く。白色と空色。お互いに引き立て合い、並ぶと実に綺麗《きれい》であった。


——ギュワギュワ。

シュゼル皇子が、ゲオルグ師団長に報告していると、にわかに真珠姫の宿舎が騒がしくなってい
た。微《かす》かに竜の声が聞こえる。声の質からして、先程戻って行った、真珠姫と空色の竜の様である。
シュゼル皇子達がそれに気付き、宿舎に足を向けた瞬間――
――ギュワ～ッ!!
と竜の声がハッキリ聞こえた。
咆哮でもなく、悲鳴な感じでもない。驚きの様な憤りの様な、なんとも表現のしようのない声で
あった。人の言葉ではないため、何を言っているのかは分からない。ただ、少しだけ揉《も》めている様
子にも感じた。
「シュゼル――ッ!!」
もはや念話《テレパシー》など使わずに、真珠姫の呼ぶ声がした。
そして、その宿舎からは、慌てる様にバタバタと真珠姫が出て来た。
シュゼル皇子同様、優美なイメージしかない真珠姫からしたら、珍しい事である。それだけ、驚
く様な何かを見たか、早く伝えたい事でもあったらしい。
「どうしました？　真珠姫」
何をそんなに慌てているのか。シュゼル皇子にはサッパリである。
「どうしたもこうしたもありませんよ!!　何故《なぜ》、女王とも云えるこの私の部屋が、この者より劣る
のですか!!　早急に相応《ふさわ》しい部屋にしなさい!!」

真珠姫は、シュゼル皇子に捲《まく》し立《た》てる様にグワグワと文句を言ってきた。息が荒いのか真珠姫の起こす風で、皆の髪や服がヒラヒラとなびいていた。

そんな中でもシュゼル皇子は、微笑みながらも首を傾《かし》げる。質問をしたのに、何の答えにもなっていないので、サッパリである。

「暢気《のんき》にボケボケしているのではありません‼　部屋を私に相応しい物に変えなさい‼」

「急にどうしました？」

「イイから、この者以上にするのです‼」

「「「……」」」

ピシリと空色の竜を、片翼を広げ示した。この〝者〟とはつまり、莉奈の竜の事だった。

シュゼル皇子の首がますます傾き始めた中、ゲオルグ師団長達は心当たりがあり過ぎて顔がひきつっていた。

◇◇◇

壁には一つ絵画が飾ってある。その昔、どこかの絵師が描いたという風景画だ。描かれた花々は、莉奈の番と同じ綺麗な空色系統の色使いの絵だった。

さすがに部屋に扉はない、開けるより破壊した方が早いし、開ける習慣がないからである。

だが、入り口とは真逆の位置に小窓が付けられていた。ガラスも填《は》めてあり横にスライド式ではなく、外に向かって下が稼動する開閉式になっている。窓の脇《わき》には、竜に必要はないが、可愛《かわい》いカーテンまで設置してあった。

圧巻といえば天井だろう。わざわざ作ったのか、明り窓として小さな天窓までが付いている。そのおかげで、薄暗さを感じていた部屋が明るい。そう……端ではないこの部屋が一番明るかったのだ。

そして梁《はり》や壁からは、莉奈が恥ずかしくて使わなくなった、レースの天蓋《てんがい》が設置されていた。お嬢様のベッドには、もれなく付いてくるあの天蓋である。本来はベッドを囲む様にある木の枠から、レースを垂らしたのが天蓋なのだが、ここでは簡易的に梁や天井から吊《つ》るしてあるのだ。

もちろん、竜がなるべく引っ掛からない様に配慮して、真ん中部分はふわりと壁にリボンで結んであった。

色は、竜が自分の鱗《うろこ》の色を好むという話なので、莉奈の竜と同じ青系を基調にしている。派手さはないが控えめでオシャレだった。

家具はさすがに必要がないから置いてはいない。しかし、首をあまり下げなくても良い様な位置に、棚が設置されていた。果物や水が置け、口に出来る様にである。

それは、竜の存在を知らぬ者が見たら、お嬢様の部屋と見間違えてもおかしくはない。ただ、床にはベッド代わりの藁《わら》があるというだけ。シーツは爪を引っ掻《ひか》ける恐れもあり、竜の安全面のために敷いてないのだった。だが、何の意味があるのか分からないクッションは数個程ある。

もはや、ここは竜の部屋なのだろうか？

「はぁぁ……スゴいですねぇ」

莉奈の竜の部屋を今初めて見たシュゼル皇子は、ポカンとしている様に見えた。

口さえ下品に開けてはいないものの、明らかに目は見開いていた。確かつい先日までは空き部屋だったのだが、今はどこぞのお嬢様の部屋と遜色《そんしょく》がない……そう、竜の部屋が、だ。

「スゴいとかスゴくないとか、そうではないのです‼　新参者がこの様な部屋を持ち、この私の部屋がブタ小屋なんてあり得ません‼　早急にどうにかなさい‼」

帰還早々に莉奈の竜の部屋を見て、真珠姫は唖然《あぜん》と驚愕《きょうがく》で身体《からだ》が震えていた。そして、何もない自分の部屋との余りの落差に、真珠姫は大衝撃を受けパニックになっていた。

自分達がそれで良いと、今まで住んでいた部屋。だが、比べてしまうと余りにも酷《ひど》く、ブタ小屋の様に見えてしまったのだろう。

「ブタ……あなた、ブタは本来とても綺麗好《きれいず》きなんで――」

「論点はそこではありません‼」

「はぁ。契約した時に、何か必要ですか？　と聞いた時――」

「状況は日々進化するのです‼　男が過去の事をウダウダウダウダと……っ！　そうです！　竜を喰《く》らう娘‼　魔物を喰らう娘をここに呼びなさい‼」

挙げ句、莉奈を呼べと噛《か》みつかんばかりである。

雨風を避ける壁と、寝床にする藁。シュゼル皇子が、本当にそれだけで良いかと訊《き》いた時には、藁さえ替えてくれれば問題ないと、言っていたハズである。

なのにこの変わり様に、シュゼル皇子も呆《あき》れて言葉が出ない。

何を言っても一向に動かないシュゼル皇子に、キレ気味の真珠姫はギャワギャワと騒ぎ、イイから早く莉奈を呼ぶように訴えた。シュゼル皇子がダメでも、作った莉奈に頼めば良いのだと。

「真珠姫。彼女も、暇では――」

「お黙りなさい。あなたが行かないのなら私が行きます‼」

もう、何を言っても聞く耳を持たない真珠姫は、宿舎の外にドスドスと歩き出していた。シュゼル皇子ではダメと、判断した様である。

そして、莉奈のいるだろう王宮に向かうべく、羽ばたき始めていた。

「「「……」」」

ゲオルグ師団長以下、色々な意味で唖然呆然《あぜんぼうぜん》である。空色の竜の部屋を気に入り過ぎだとか、怖いくらい食い付き過ぎとか、莉奈に対して酷い異名が増えているとか……すべてだ。

部屋は確かに莉奈の言った様に、綺麗に飾り付けはしたものの、竜はこれを嫌い破壊すると思っていたのだ。なのに、実際は真逆だった。

怯えてさえ見せた莉奈の竜は、戻って来た途端にこの部屋を一目で気に入り、莉奈にガッツリ懐きに懐いていた。

莉奈がウザイと言うまで、上機嫌でクルクルと喉を鳴らし、引っ付いていたくらいである。

そして──その部屋を見た、他の竜達も部屋を改善しろ……と言い出し、今や竜の宿舎では、ちょっとした一大リノベーションブームとなっている。それに、真珠姫も乗っかるのか。

メスの竜を番に持つ竜騎士達は大変である。竜関連の費用は、一部は国が負担してくれる。……とはいえ、飾り付けは今だかつてない話である。なので、現状の費用は竜騎士達の懐から出ている。

安くない飾りに、竜騎士達は頬《ほお》がヒクヒクしていた。

オスの竜達だけは、興味がないのか今は呆れ静観してはいるが……いつやれと言われてもおかしくはない状況であった。明日は我が身かと、何とも言えない竜騎士達である。

「分かりましたよ。真珠姫。私がリナの所に行って来ますから」

仕方がないと諦《あきら》めたシュゼル皇子は、飛ぼうとしている真珠姫を呆れながら抑えた。

いくら竜に怯えない莉奈だとしても、真珠姫が突然現れれば驚くだろうし、周りの人間は気絶か失神するに決まっている。それが分かっていて、真珠姫を行かせる訳には行かなかった。

「五分で連れて来るのですよ？」

「ハイハイ、真珠姫。なるべく早く連れて来ますから、大人しくしているのですよ？」

五分で連れて来られる訳がない。説明もなしに莉奈を取っ捕まえて、有無を言わさず連れて来るならともかく。

ものスゴい無茶ぶりに、シュゼル皇子は盛大なため息を吐き、その場から瞬間移動《テレポート》したのであった。

◇◇◇

「――という訳で、白竜宮に来てくれませんか？」

シュゼル皇子は、帰還の挨拶《あいさつ》もソコソコに、厨房《ちゅうぼう》にいた莉奈を見つけてそう言った。

「はぁ」

厨房にいた莉奈は、瞠目《どうもく》したまま固まっていた。

急に食堂に現れたかと思えば、厨房にいた莉奈を見つけ、真珠姫と宿舎の話である。

なんなら莉奈は今、手にはボウルを持っている状態だ。色々あり過ぎて頭が追い付かない。

「何を作っていたのですか？」

「……はぁ」

真珠姫の事を話し終えたシュゼル皇子が、今度はボウルを見て何を作っているのかマイペースに訊いた。竜の話から料理の話まで、話が飛び過ぎである。

莉奈は、何から答えていいのか呆然《ぼうぜん》としていた。

「マジで、話ブッ飛び過ぎ。フェル兄には報告したのかよ？」

いつもの様に一緒にいたエギエディルス皇子は、一応だが念のため訊いてみた。報告もなしに飛んで来たなら、ここは地獄になる。

「勿論《もちろん》しましたよ。あっ、リナお腹《なか》が空きました。ご飯を下さい」

当然、兄フェリクスには白竜宮に向かう前に報告済みだ。

シュゼル皇子は厨房で作っていた料理の匂《にお》いを嗅《か》ぎ、お腹が減った様である。お腹を軽く擦り、

「よろしくお願いしますね?」とマイペースに食堂に向かって行ったのだった。

有無を言わせない微笑みの魔術師、その名もシュゼル。

——自由過ぎる‼

——真珠姫は、どうなったんだよ‼

莉奈は、そう叫びたかった。

突然、食堂に現れたシュゼル皇子は、莉奈を見つけるや否やニコニコ。そして、厨房に来たかと思うと真珠姫と宿舎の話。今は、食事の話。訳が分からなかった。真珠姫は良いのだろうか?

ちなみにだが、莉奈がちょいちょい食事の事を〝ご飯〟と言うので、この王宮でも自然と定着している。

「ロックバードで作った、チキンカツサンドセットです」

莉奈は精神的に、非常に疲れたので出来合いのモノを差し出した。

実際ならあり得ないが、魔法鞄《マジックバッグ》のおかげで何時でも何処でも出来立てだ。シュゼル皇子には初見な食べ物だし、イイかなと自己判断した。

「チキンカツサンド？」

「ロックバードの肉を揚げて、パンに挟んであるんだよ」

「セットというのは？」

「オニオンリングかフライドポテト、後は飲み物が付いたのをセットって言うんだぜ？」

エギエディルス皇子が、シュゼル皇子の向かいに座り、自慢気に説明した。

ん？　エドくんや。その説明、あながち間違ってはいないんだけど……それだと、何でもその二つが付けば、セットになっちゃいますけど？　例えば、何かをサンドしたパンではなく、焼き芋とかにでもその二つを付けたら、〝焼き芋セット〟になる訳で……まぁ、可愛《かわい》いからいっか。

「んふぅ。やっぱり、リナの作るご飯は美味《おい》しいですね。ん？　このサクサクしているのは？」

「パン粉といって、パンを削って作ったものです」

自分の作るものを美味しいと、言ってくれるのは良いのだけど……のんびりしていてイイのかな？

「なるほど、パンを……。このタルタル？　酸味があって面白いソースですね。あ〜パンもふわふわで美味しい」

シュゼル皇子は、ゆっくり味わう様にチキンカツサンドを食べていた。ジャンクフードを食べているのに、ものスゴい優雅だ。何を食べていても気品があった。

「はぁ～っ。リナのおかげで生き返りました」

チキンカツサンドを食べ終わり、アイスティーを飲むシュゼル皇子。お腹が満たされて、実に満足げな様子である。

「シュゼ兄。向こうでちゃんと飯食ってたのか？」

10歳程のエギエディルス皇子が兄を心配する姿は、まるで母親の様だ。普通は逆である。

「食べる訳がないでしょう？」

さも当然の様に、サラッと言ったシュゼル皇子。

「「は？」」

エギエディルス皇子と莉奈は、ほぼ同時に声を出していた。

……何？　食べる訳がないって。そこは普通「食べたに決まっているでしょう」じゃないの？

「シュゼ兄。もう一度訊くけど、本っ当にアッチで何も食ってないのかよ？」

「冗談ですよ。何かしらは口にしていましたよ？」

弟に訝《いぶか》しい目を向けられ、少しだけ言い換えたシュゼル皇子。

「……何を？」

「リナ。食後のデザートを下さい」

「まさか……また、ポーション……じゃねぇよな？」

「……リナ。アイスクリームを下さい」

「「……」」

今、絶対に微妙な間があった。それで二人は悟った。

この人、またポーション生活をしていた……と。

気のせいかとも思ったが、顔がホッソリしている。行く前よりも少し痩《や》せているのだ。

以前の仙人こと、シュゼル皇子に逆戻りである。

「アイスクリームを出す前に、一つお約束して頂けますか？」

「何をでしょう？」

「食事はしっかり摂って下さい」

20歳過ぎた大人に、言うセリフではないのは百も承知だ。だが、そうでも言わないと、この人、また、すぐにポーション生活に戻るに違いない。

「……」

微笑《ほほえ》んで誤魔化《ごまか》そうとするシュゼル皇子。召喚されて間もない莉奈にならば、それは効いたかもしれない。しかし、もう惑わされたりしない。

「では、アイスクリームは――」

「とっ、遠くへ出張の時は、リナを連れて行くか、食事を持参する事にします」

アイスクリームを出さないと言われ、焦ったシュゼル皇子は仕方がないとばかりに、代案を出した。

「……持参して下さい」

自分を連れて行かれるのは御免である。

何故《なぜ》たかが一般人の私が、皇子の公務や出張に付いていかなければならないのか。オカシ過ぎるよね。

大体、ご飯持参って遠足か――――い‼

「……はぁぁぁっ」

そんな兄に、弟皇子は深い深いため息を吐《つ》くのであった。


「……これ……は?」

莉奈が食後のデザート代わりのお菓子を出したら、シュゼル皇子の瞳《ひとみ》がキラキラと輝いた。

この人、甘味を見ると、瞳の輝きがまったく違う。

「メレンゲクッキーとラング・ド・シャです」

そう。シュゼル皇子がいない時に作ったお菓子である。

アイスクリームにも良く合うと思うから、一緒に出してみた。

「クッキーですか。ん〜甘い良い香りがしますね。こちらの赤いのは？」

「右がブラックベリー。左がククベリーのアイスクリームです」

溶けるのが嫌なのか、好きな物から食べたいのか、クッキーよりまずはとアイスクリームにロックオン。

「んん〜っ。やっぱりアイスクリームは最高ですね〜。ブラックベリーは濃厚で甘酸っぱい、ククベリーはサッパリした甘さ。堪《たま》りませんね」

シュゼル皇子は、久々のアイスクリームに至極ご満悦であった。

ちなみに、アイスクリームはきらさない様に、新しいのを常時作って用意してある。

だって、きらしたら怖いし。またフェリクス王を呼びかねないからね。

「クッキーも大変美味しいですね。メレンゲクッキーは口でシュワシュワと溶けて、ラング・ド・シャはサクサクと歯触りが。はぁぁ〜っ」

恍惚《こうこつ》としていた。アイスクリームとクッキーと色々と甘味が食べられ満足らしい。

相変わらずのシュゼル皇子に、エギエディルス皇子と莉奈は顔を見合わせていた。

◇◇◇

一通り食べ終えるとホッとしたのか、紅茶を一口飲みシュゼル皇子がニコリと微笑んだ。

「あぁ。そうだリナ。出張のついでに色々な食材を頂いて来たので、差し上げますね？」

「え？　ありがとうございます？」

なんで食材なの？　と疑問に思わなくもないが、貰《もら》える物なら有り難く貰う。

シュゼル皇子は魔法鞄《マジックバッグ》から次々と食材を出していた。とりあえず、見せるためにと何個か置く食材。色々あるが【鑑定】しなくとも、パッと見て分かる食材が多かった。

試しに何個か【鑑定】して視《み》たら、色や形、名前こそ微妙に違うが、莉奈の見知っている食材の名ばかりである。

シャインブドウ・ネバナナ・ヨウマンゴー・モールオレンジ……ん？

そこまで視ていて、莉奈はおかしな事に気付いた。

ほぼ、果物じゃない？

そう、彼が次々と出している〝食材〟とは、そのほとんどが〝果物〟である。頂いた……とは言っていたけど、片寄り過ぎな気がする。

「なんで、果物ばっかなんだよ」

同じ事を思ったのか、エギエディルス皇子が呆《あき》れていた。他に野菜や魚介類があってもイイはずだ。

「バターやジャムに出来ますからね？」

それはそれは、光り輝く笑顔で答えたシュゼル皇子。ペカリと後光が差して見える。

――うっわ～。全部甘味絡みだ。

確かに、これだけあればジャムなんて、十種類以上は出来る。アイスクリームやシャーベットも、お店顔負けなくらい色々なフレーバーが揃《そろ》うだろう。何ならタルト、ケーキ、お菓子の幅が広がったのは確かだ。

だけど、違くない？

「果物より必要なモノがあるだろうよ」

莉奈があえて口にしなかった言葉を、エギエディルス皇子が呆れ果てながら拾った。

「ん？」

何かあります？　とコテンと可愛《かわい》らしく首を傾《かし》げるシュゼル皇子。

――ダメだこりゃ。

莉奈もエギエディルス皇子も、もう何かを言う事を諦《あきら》めた。

言ってもムダな気しかしない。


頭が甘味で埋まっているシュゼル皇子はともかく、果実は実に様々であった。

甘味にかける情熱なら、右に出る者などいないだろう。

莉奈は、そんなシュゼル皇子に呆れつつ、改めて食材を見ていた。そこで、ふと気になる果実、野菜を見つけた。一見トマトに見える果実があったのだ。

赤くて細長い野菜か果実。大きさは10センチメートル程。見た目は赤いナスの様。試しに手に取って視た。一見トマトに見えるけど、これも果物なのだろうか？　と。

【トマヒトマト】
土と水さえあれば、荒れ果てた土地でも生える実。
〈用途〉
実の搾り汁をポーションに混ぜると、熱傷薬になる。
〈その他〉
食用である。実には微量に毒があり、1日に400キロ食べると死に至る。

――なるほど。やっぱり、トマトか……ん？
莉奈は、やっぱりトマトだと納得しつつ、ある項目に目が釘付《くぎづ》けになった。

〈その他〉
実には微量に毒があり、1日に400キロ食べると死に至る。

……ん!?　1日に400キロ食べると……？

死に至る。

そんなに、食うか——っ‼ 毒があってもなくても、そんなに食べたら普通に死ぬ‼

果実に混ざっていた〝トマヒトマト〟を【鑑定】した莉奈は、思わずツッコんでいた。

1日に400キロも食べなきゃ効かない毒の表記いる⁉

ひと月にだって400キロは無理でしょうよ‼

え？ 私の鑑定バカなの？

「トマトがどうしました？」

莉奈がトマトをガン見したまま、ワナワナと震えていたのでシュゼル皇子が不審そうに訊《き》いてきた。その実に、何か妙な事が【鑑定】で視えたのかと。

「あ〜。熱傷薬が作れます？」

「熱傷薬ですか。民間療法で実をすり潰《つぶ》して塗ると、火傷《やけど》に効くとは耳にした事がありましたが……あながち嘘《うそ》ではなかったのですね」

莉奈がどうやって作るのか説明すると、シュゼル皇子はさらに、感心した様に聞いていた。

民間療法は迷信めいた事が多いため間違いも多い。だが、すべてがそうではないのだと、感心していたのだ。

「で？ 他には、何が視えたんだ？」

勘の良いエギエディルス皇子が、莉奈が何かを視て微妙な顔をしていたのに気付いていた。

「ん～」

視ておいてなんだが、この情報いるのかな？

「食べ過ぎると、毒で死んじゃう的な？」

一応言っておくかと、莉奈は渋々口を開いた。

「「「毒で死ぬ――――っ⁉︎」」」

その瞬間、厨房《ちゅうぼう》で料理を作っていた人達が驚愕《きょうがく》し、青ざめ絶叫した。

「うそ――――っ‼︎」

「うっわ。俺、トマト好きだったのに～」

「いや――――っ。毎日の様に食べてたわよ⁉︎」

厨房は大騒ぎである。大混乱といってもいい。今さらでも吐き出そうと、ウエウエとえずく声まで聞こえ始めた。自分達が、知らずに食べていた野菜に毒があると聞き、皆は衝撃を受けていたのである。

「リナ。致死量は？」

そんな中、至って冷静なシュゼル皇子。彼は、今まで食事を摂ってこなかったのだから、危機感もないのだろう。1日に４００どころか40グラムも怪しいしね。

「えっと……１日に……４００キロ？」

「「「…………」」」

騒いでいた皆が、固唾《かたず》を飲《の》んで聞いていると、莉奈の言葉に固まった。

400キロ？

皆が耳を疑い、莉奈は何と今言ったのかと、にわかにざわめく。

「あ？　お前、今、400キロって言ったか？」

全員の思った事を代弁した様に、エギエディルス皇子が訊いた。聞き間違いかもと考えて。

「言ったね～」

「4キロとか4グラムとかじゃなくて？」

「400キロだねぇ」

「誰《だれ》が食うんだよ。トマト400キロ」

「しらん」

だって、そう鑑定で視えただけだもん。

「1日400キロ摂取しないと、致死しないと？」

「そうですね」

「ひと月にでも1年でもなく？」

「1日」

シュゼル皇子が改めて訊いたので、莉奈は空笑いしていた。

視えた以上は伝えた方が良いかな？　と言ってはみたものの、意味があるのか分からない。だって、大概何でも食べ過ぎれば、身体《からだ》に良くないのは当たり前だ。

「1日400キロ⁉」

「誰が食うんだよ！」

「一生になら食うかもだけど」

「俺、死んじゃうのかと思った～」

「何だよ。結局食べても平気なんじゃねぇか」

「「リ～ナ～」」

今度は安堵《あんど》で騒ぎ始めた厨房。良くも悪くも、莉奈の言葉に翻弄《ほんろう》されていた。400キロなんて、食べろと言われたとしても絶対に無理だ。むしろ、他の物の方があたって亡くなる確率が高い。

料理人達は、ホッと胸を撫《な》で下《お》ろし作業に戻るのだった。


「しかし、色々な果物がありますね。全部この国で採れた物ですか？」

「いいえ。輸入品が多いですね。ウチは魔法鞄《マジックバッグ》があるので、他国との取引が円滑に進みやすいのですよ」

通常、馬車や船を使って輸出入しなければいけないところ、この国には魔法鞄《マジックバッグ》がある。人件費、輸送費がほとんどいらない。強者《つわもの》に持たせれば魔物に襲われ、その荷を駄目にするリスクも少ない。

質も良いままなため、高値で取り引きされる事も多いとか。

だから、安価で安定して市民に提供出来ると教えてくれた。

ただ……その輸送する強者が、絶対的に信頼出来る者でなければ、丸っと盗まれる訳だけどね。

「あぁ、そうだリナ。もう一つお土産があるんでした」

シュゼル皇子は説明してくれた後、何かを思い出した様子で腰に付いた魔法鞄《マジックバッグ》を漁《あさ》る。

そして、二つの革の鞄を取り出した。その鞄は手のひらサイズの小さな鞄で、キャメルとブラウンの二種類。装飾品も少なくシックな物だった。

「リナの魔法鞄《マジックバッグ》はエディのお古だったでしょう？　ですから、所々綻《ほころ》びが。それだと、鞄としての機能も良くないですからね。新しい魔法鞄《マジックバッグ》を用意しました」

「え？」

「エディと色違いですが、お揃いですよ？」

容量も二倍に増やしましたからね？　とシュゼル皇子はほのほのと付け加える。

どうやらエギエディルス皇子が容量の件もシュゼル皇子に伝えてくれていた様である。

マジで⁉

莉奈は、目の前に出された二つの魔法鞄《マジックバッグ》に釘付けだった。容量を増やして欲しいとは思ったが、まさか新しい鞄を用意してくれるとは思わなかったのだ。

「俺にもくれるのかよ！」

エギエディルス皇子も、予想外の事に喜んでいた。自分のもあるとは思わなかった。

「エディのもボロボロですからね」

シュゼル皇子は弟の頭を撫でた。キラキラとした瞳《ひとみ》で見上げる彼が可愛《かわい》らしいのだ。

「やった。リナ！　好きな方選べよ」

エギエディルスは、自分から先に選ぶのではなく莉奈に譲った。自分は別にどちらでも構わないからだ。

「えぇっ⁉　エドから選びなよ‼」

莉奈は、あまりの嬉《うれ》しさに興奮気味である。エギエディルス皇子のお古でも充分だったのに新しい鞄だ。自分だけの魔法鞄《マジックバッグ》にテンションが上がっていた。

だって、おＮｅｗだよ、おＮｅｗ‼

「俺はマジでどっちでも構わねぇから。好きな方選べよ」

エギエディルス皇子も、瞳をキラッキラッさせた莉奈に苦笑いである。

「本当⁉　ん〜」

そう言われ、莉奈は悩む。

手渡されたのは牛革の鞄で、ウエストポーチにもショルダーバッグにもなる。いわゆる２Ｗａｙバッグ。黄土色のキャメル。焦げ茶色のブラウン。どちらも服に合わせやすい。どちらにしようか、何度も見比べていた。

「こっちのキャラメル色は可愛《かわい》くていいけど、こっちのチョコレート色も大人っぽくて捨てがたいよね〜。チョコレート色の方が、体型が引き締まって見えるかな〜？　エド的にはキャラメル色とチョコレート色。どっちが私に似合うと思う？」

二つの鞄を腰にあてた莉奈は、結局どちらかを選べずエギエディルス皇子に訊いた。彼に決めてもらおうと。

なんだってイイ。彼が選んだ後でも、貰《もら》えるのだから。

「………………」

莉奈がニコリと笑いエギエディルス皇子を見ると、ナゼか頬《ほお》をピクピクとひきつらせていた。

「ん？　どうしたのエド？」

そんな表情の彼に、莉奈は疑問しか浮かばない。自分は何かおかしな事でも言ったのだろうか？

選んでイイと言った事が、そんなにおかしい事なのか。


――そんな時。

「リナ。〝キャラメル〟と〝チョコレート〟とは何ですか？」

莉奈の背後から、弾ける様な声が聞こえた。

「え？」

「リ〜ナ。〝キャラメル〟と〝チョコレート〟とは何ですか？」

あぁぁアァ――――――っ!!!!

莉奈は、魂が大絶叫を上げていた。

自分が今、何を言ってしまったのか気付いた莉奈は……ゆっくりと振り返った。

私は今。キャラメルとかチョコレートとか、いらん事を言っちゃったよ――っ!!

ナゼ、そんな事言ったし!!

ぎゃーっ!!

どうしようドウシヨウどうしようドウシヨウどうしよう!!

莉奈は心の中が大パニックであった。イヤな汗しか出ない。

チラリと見れば……そこには、キラキラと輝くシュゼル皇子の笑顔があった。


「〝キャラメル〟と〝チョコレート〟というのは何でしょうか?」

莉奈が目を見開き固まった事など、無視しまくりのシュゼル皇子。自分の興味が満たされるまで、莉奈を逃がさない微笑みである。

ダラダラと脂汗を流す莉奈。満面の笑みで捕まえるシュゼル皇子。どう考えても分が悪い。

「私……そんな事、言いましたっけ?」

今さらだが、一応とぼけてみる。

「ココにいる全員が、耳にしていたと思いますが?」

なんなら訊《き》いてみましょうか？　とニッコリ微笑《ほほえ》むシュゼル皇子。多勢に無勢……勝てる気がしない。

「……そ……うですね」

キャラメルもチョコレートも面倒くさいから、嫌なんですけど。逃げられそうにない。

「リナ」

シュゼル皇子の輝く様な笑顔が突き刺さる。

仕方がない。適当に説明しようと、腹を決めた。

「キャラメルとは、キャラメル男爵の髪の色が黄土色だった事から、黄土色をキャラメルと言う様になったとか……？」

「なったとか？」

ニコリと微笑むシュゼル皇子。だが、目が笑っている様に見えない。莉奈のくだらないウソなんて、通じる訳がないのだ。

「半歩、その話を譲ったとして。黄土色の髪なんて大勢いますよね？　何故《なぜ》キャラメル男爵の髪色だけが注目され、言葉になったのでしょう？」

「……ハ」

「ハ？」

「ハゲ散らかしてたからです‼」

「は？」

自信満々に言ってみせた莉奈に、シュゼル皇子は目が点である。エギエディルス皇子は、莉奈の言い訳が酷《ひど》すぎて吹き出していた。厨房《ちゅうぼう》でも、クスクスと堪えきれない笑いが漏れていた。

ハゲでも酷すぎるのに、ハゲ散らかす必要がドコにある？

「見事な黄土色の髪だったキャラメル男爵は、ハゲ散らかしていたので、いつの日か、黄土色の髪はキャラメルとからかう様に」

イヤイヤイヤ。自分はマジメに何を言っているかな？

「ふふっ……。それはそれは、可哀想《かわいそう》に……ところでチョコレートとは？」

半歩しか譲っていない辺り、信じている気配はゼロのシュゼル皇子は、さらに良い笑みを浮かべチョコレートの話も訊いてきた。面白がっているに違いない。

「チャ……チャコレート皇帝が、いつも焦げ茶色の服を着ていたので、焦げ茶色の事をチャコレートと呼んでいたのが、次第にチュコレート、チョコレートと変わって……いって」

だ――っ‼　もう、何を言っているのかな自分‼　チャチュチョって三段活用かよ‼　口が止まらな～い。

「なるほど？　チャコレート皇帝はいつも焦げ茶色の服を。では皇帝は何故、いつも焦げ茶色の服をお召しに？」

シュゼル皇子は一向に引いてくれない。たとえそれが嘘《うそ》の話だろうと、本当の話だろうと。

「コゲチャイロガスキダカラ」

――終わった。アハハ……自分でも信じないよ。こんな言い訳。

「リナ……もう、諦《あきら》めろ」

エギエディルス皇子は、莉奈の肩を笑いながらポンと叩《たた》いた。

子供でも騙《だま》せない様な言い訳をしたところで、兄シュゼルをどうこう出来る訳がないのだ。

さっさと腹を括《くく》って、観念した方がイイ。

「ヤダよ!!　諦めるも何も、チョコレートは作るのが面倒くさいんだよ!!」

莉奈はとうとう本音を叫んだ。半ばブチキレたともいう。

「カカオ豆をローストして、石臼《いしうす》でアホみたいにゴリゴリゴリ、そこからバターだの砂糖だの混ぜたり……拷問だよ拷問!!」

テレビで見た作り方なんて、カカオ豆を石臼で半日以上掛けて粉にしていた。

バレンタインデーの手作りチョコなんて、ただのリメイク。本気の手作りチョコレートなんか、血ヘドを吐いて作るモノだ。バレンタインデーなんかがこの世界にあるとしたら、地獄のバレンタインデーになるだろう。

「チョコレートは甘味なんですね？」

「……え？」

「キャラメルも甘味なんですか？」

「……」

「あぁぁぁアアア――――――っ!!!!」

莉奈、大絶叫である。

チョコレートやキャラメルとは言ったが、それがお菓子とは誰《だれ》も言っていない。自分も言ってはいなかった。

なのに、今、自分でペラペラと口走ってしまった。言わなければお菓子と分からなかったのに……。

なんてこったい‼

動揺が動揺を呼び、自爆してしまった莉奈だった。

シュゼル皇子に捕まった莉奈を見ていた皆は、憐《あわ》れみよりも苦笑いしか出なかった。

ハゲ散らかしてとか、チャコレート皇帝とか、言い訳がお粗末過ぎる。ここにいる誰もが信じない話を、宰相様が信じる訳がない。

「どんな甘味なのですか？」

莉奈という獲物を、完全にロックオンしたシュゼル皇子。微笑みが彼女を逃す事はないだろう。

今さら知りませんとは言えない。

「ど、どんなお菓子かというと……」

「いうと？」

莉奈が諦め説明をしようと、口を渋々開きかけた瞬間――――


――――ドスーーーーン!!


激しい地響きがした。その振動で一瞬だが身体《からだ》が浮いた気がする。

何の音かは分からないが、食堂の外に何かが落ちた様な激しい音だった。隕石《いんせき》が落ちたとしたら、こんな音がするのかもしれない。

「シュ――ゼ――ル――――ッ」

落下したのか降りたのか、外から何かの声が響いた。

そのモノが声を上げると、その声の微振動と風圧で食堂の窓ガラスがバリンと一斉に割れた。キレイに粉々である。

莉奈は突然起きた大惨事に、目も口もアングリさせていた。

エギエディルス皇子は莉奈の隣で、頬《ほお》をひきつらせている。厨房にいた料理人達は、驚愕《きょうがく》し恐怖で腰を抜かす者もいれば、白目を剥《む》いて倒れた者もいる。

その割れた窓ガラスの隙間《すきま》からは、見知った白い顔が覗《のぞ》いていたからだ。

——真珠姫である。

いつもなら、降りる音などほとんどしないくらい、ふわりと優雅に降りて来る。だが、機嫌が超絶悪いのかお構い無しであった。

真珠姫の名の通り、白く綺麗《きれい》なハズの鱗《うろこ》は胸元がドス黒く染まっている。以前、白竜宮で王竜とヤリ合おうとしていた時みたいに、真っ黒なのだ。

誰が見ても顔も険しい。ガチギレしている様子である。

「真珠姫、ダメでしょう？　あなたのせいで窓ガラスが粉々です」

その姿を見たシュゼル皇子はほのほのと、割れた窓ガラスから覗くガチギレ真珠姫に歩み寄る。自分の番が激怒していても、怖くはないのか表情一つ変えてはいなかった。

「五分で連れて来いと言ったハズ」

「モノには順序があるのですよ？　おとなしく——」

「何がおとなしくですか‼　小一時間は待っていましたよ‼　なのに……っ！　そこにいるではないですか‼」

真珠姫は、食堂の奥にいた莉奈を見つけた。

莉奈を見つけた彼女の目は、血走っていて怖い。獲物を標的にでもした様な瞳《ひとみ》である。

「そこの娘！　人を喰《く》らう娘！　早急にこちらに来るのです‼」

血走った目を向け、莉奈を呼びつける真珠姫。

……へ？　ナニ？　……〝人〟を喰らう娘って……。

「お前……とうとう人喰《ひとく》いの称号まで」

エギエディルス皇子が、遠い目をしている。莉奈の称号にも、真珠姫の挙動にも引いていたのだ。

もはや、見境がないと言ってもイイ。生き物ならなんでも喰らう、化け物誕生の瞬間であった。

「恐ろしくて、泣きそうだよ」

莉奈は、騒ぎ立てる真珠姫を無視して空笑いしていた。

私がいつ人を喰らったよ。

竜の前での失言から大分経《た》ったが、沈静化どころか、日を追うごとに最悪である。

「人を喰《く》らいし娘。早急に来なさい‼」

人なんか喰うか────っ‼

大体、首の回りの鱗を逆立て、胸を真っ黒にし……血走った目で睨《にら》む竜の眼前に、誰が行くと思うかな？　喰われそうで怖いんですけど？

あ～っ、そういえば私。元、竜を喰らう娘でしたっけ。

（真珠姫、うるさいと食べちゃうぞ～？）

アハハ……莉奈からは乾いた笑いが漏れていた。

「真珠姫。リナは私との話が終わってから連れて行きますから」

シュゼル皇子が、真珠姫を宥《なだ》める様に優しく諭す。

莉奈は天を仰いだ。

どうやら、どちらからも逃げられないみたいだ。何コノ災害級なコンボ。精神がフルボッコだよ。

「あなたとの話など、後回しにしなさい！」

「真珠姫。ワガママは良くありませんよ？」

「黙りなさ――」

――パチン。

真珠姫が、まだ何かを言おうと口を開けた瞬間、静電気に似た小さな破裂音がした。

そして、何事か分からない内に、窓際にいた真珠姫がグラリと揺れ崩れる様に倒れた。

「……は？」

莉奈は、何が起きたのか分からずアホみたいに口を開けていた。どういう状況なのかが、さっぱり理解出来ないのだ。

真珠姫の鼻先を、宥める様にシュゼル皇子が撫《な》でていた気がするが……破裂音は何？

隣にいるエギエディルス皇子は、怖いくらい顔がひきつっていた。


――ヨシ。逃げよう。

寒気しかしない莉奈は、ゆっくりと後ずさり咄嗟《とっさ》に逃げる事にした。

シュゼル皇子は、真珠姫に向いている。この隙に逃げるしかない。

「ごぼべっ‼」

莉奈は急いで逃げようと、出入り口に向かおうと身を翻した瞬間、何故か目の前にあった壁に、顔面を激しく打ち付けた。

そう……【壁】にだ。

はぁあァァ―――っ⁉

なんで、こんな所に壁があるのかな⁉

あるハズのない所に、幅3メートル・高さ2メートル程の壁が突如出現した。そして、壁があるなんて思わなかった莉奈は、顔面を強打したのである。

食堂のド真ん中に、壁なんかある方がオカシイ。なんなら、ホンのさっきまでなかった。なのに、急に壁が現れたものだから、加減なんかなくドカンだよ。

莉奈は、赤くなった鼻を押さえながら、振り返った。

――トン。

振り返った莉奈の頬を掠《かす》める様に、誰かの細く美しい右手が壁に伸びてきた。

予期せぬ壁に阻まれた莉奈の顔の横に、手が優しく優しくついたのだ。

「リナ、どちらへ？」

頭上からフワリと甘く優しい香りと、柔らかい声が降り注ぐ。

「ドチラニモイケマセン」

莉奈は壁とシュゼル皇子に挟まれ、ブルブルと小さく震えた。

目の前には満面の笑みを浮かべた、超絶美貌《びぼう》の悪魔がいたのだ。

——違～う‼

こんなの、私の知ってる壁ドンっじゃな——っい‼

乙女の憧《あこが》れ、少女マンガ定番の胸キュンポイント。

うんうん。確かに胸はドキドキはするね。

でもコレ、ときめきじゃなくて、ただの動悸《どうき》な様な気がする。

すさまじい美貌が眼前にあるけど、〝きゃっ〟じゃなくて〝ギァァ——ッ〟なんだけど⁉

だれか———っ‼　乙女が喜ぶ〝壁ドン〟ってどこ——っ⁉

「さぁ、リナ。こちらでゆっくり話をしましょうね？」

トンと軽く壁を叩《たた》き魔法壁を消し去ると、思考が停止中の莉奈の右手を手に取り、まるでダンスに誘うかの様に近くのテーブルへと促した。

莉奈に拒否権など、初めから存在しないのである。

「イベール。リナに温かい紅茶を」

「はい」

シュゼル皇子は、いつの間にかにいた執事長イベールに、紅茶を出すように言った。

莉奈は急に現れた真珠姫や壁に気を取られ、イベールが来ていたのには全く気付かなかった。

突如出現した壁は、シュゼル皇子が造った魔法の壁の様だった。音もなく出すなんて、さすが賢者様である。

強制壁ドンの恐ろしさ、身をもって知りました。

「さぁ。座って下さい」

シュゼル皇子が莉奈に席を勧めた……のだが、椅子は何故か向かい合わせにされていた。

真ん中に挟むのは、小さな小さな空間のみ。圧しか感じられない。

進路相談の時だって、間に机があった。なのに、シュゼル皇子と莉奈の間には、隔てる物は何もない。最悪である。

「キャラメルとチョコレートのお話をしましょうね？」

「……は……ぃ」

誰《だれ》も助けてくれないと悟った莉奈は、すべてを諦《あきら》めた。

◇◇◇

「はぁぁ。チョコレートとは、そんなにも甘美なモノなのですか」

キャラメルとチョコレートの話を莉奈から聞いたシュゼル皇子は、まだ見ぬお菓子に瞳を瞬かせていた。

未知のお菓子を想像し、うっとりと虚空を見つめていた。

莉奈は、魂が抜けていた。

このスベり過ぎる口に、誰か滑り止めを下さい。

「どういう状況だ」

説明が終わった頃《ころ》、不機嫌そうな声が間近で聞こえた。

「「兄上」」

弟二人の声がハモった。

エギエディルス皇子は、兄の纏《まと》うドス黒いオーラに気付き半歩後退している。

フェリクス王は、割れた窓ガラスをチラリと見た後、魂の抜けた莉奈と、ほんわかしているシュゼル皇子に目を落とした。

「陛下。帰還して早々ですが、明朝から世界を見て回りたいと思います」

「あぁ？」

椅子から立ち上がったシュゼル皇子は、兄を見つけ唐突に何かを言い始めていた。フェリクス王は、話が見えず眉《まゆ》をしかめた。何故《なぜ》先程、帰還した報告の時に話すのではなく、今なのだと。

「真珠姫とこの国を軽く回って感じましたが、うちは兄上が居られるので、ある程度は瘴気《しょうき》を抑え込む事が出来ています。しかしながら、世界はそうはいえません。特に隣国のバレントアなど、瘴気を抑え込めていないのか、魔物が増えていると聞きます。それと、先程も報告した様に、うちとの国境付近に茶色の魔竜の姿が、幾度となく目撃されているとか」

「で？」

「諸事情で国交を断絶していましたが……諸国の国交回復と対話も兼ね、瘴気の広がりや魔物の棲《せい》息《そく》等の情報交換をする必要があるでしょう。早急に回って来ようかと思います」

「ほぉ。急だな？　まさか、チョコレートとやらが、関係してんじゃねぇだろうな？」

フェリクス王の目が眇《すが》められた。突然そんな事を言い始めたシュゼル皇子の考えなど、イベールを通じてすべてお見通しの様である。

諸国を回るパフォーマンスの陰で、カカオとやらを探す算段に違いない。

「関係ありませんよ？」

考えがバレたところでシュゼル皇子は何も変わらない。何事もない様子で、ほのほのと言ってみせた。

だが、言いながらチラリとイベールを見た。彼が告げ口した犯人だと分かった様である。

――ドゴン！

「……っ」

シレッと言い切ったシュゼル皇子の頭に、鉄拳《てっけん》が落ちた。

「国交と情報は理解する。だが、明朝である必要はねぇ」

「で、です……っが‼」

まだ、何かを言うシュゼル皇子の頭に、もう一つ鉄拳が落ちた。

皇帝の崩御、即位、政権交代、スタンピード等、ここ数年まとめて起きたため、一時的に国交を遮断していた。なので、回復する必要はある。情報も必要だろう。

だが、動機が不純過ぎる。

シュゼル皇子は、立て続けに二度も食らった鉄拳に、悶絶《もんぜつ》ししゃがみ込んでいた。激痛に息も絶え絶えの様子だ。

「白いの」

フェリクス王はゆっくり窓際に歩きながら、窓の外に倒れている真珠姫をチラリと見た。

「……」

真珠姫からは返事がなかった。たぶんだが、シュゼル皇子に何かをされて気絶していたのだ。

「いつまで、寝たフリしてやがる」

真珠姫が目を覚ましている事など、気付かないフェリクス王ではない。窓枠に長い脚を片方かけ、倒れている真珠姫を見下ろした。

「す……」

「す？」

「少し……気分がすぐれなかったもので……」

フラフラ、ビクビクと顔を上げ、真珠姫もシュゼル皇子同様に、言い訳じみた事を言っている。

実際は、王が怖くて気絶したフリで通そうとしていたのだ。

「気分がすぐれないと、てめぇは窓ガラスを割るのか」

「……」

「窓ガラスもタダじゃねぇ。代償を払え」

「だ……代償……」

不機嫌な王が恐ろしいのか、真珠姫は首をすくめ涙目になっていた。竜がビクビクと小刻みに震え、怯《おび》えているのだ。あり得ない状況である。

「確か茶色が、いたんだよなぁ？　シュゼルと一緒に片付けて来い」

「「……え？」」

「片付けろ」

「「……」」

国境付近にいたと報告した魔堕《お》ちした竜、茶色の魔竜を倒して来いと言われ、真珠姫もシュゼル皇子も愕然《がくぜん》としていた。

はい、分かりました……と言える程、簡単に討伐出来る相手ではない。灰色ではないにしても、フェリクス王でも手こずる魔竜に、挑んで来なければいけないのだ。

「あっ兄上――」

「甘味禁止の方が良かったか？」

その瞬間、シュゼル皇子の時が止まった。

「さぁ。真珠姫。魔竜討伐に向かいますよ？」

シュゼル皇子は素早く立ち上がると、颯爽《さっそう》と真珠姫の傍に歩み寄る。

シュゼル皇子の頭の中は、魔竜より甘味が口に出来なくなる恐怖が勝るらしい。

「なっ！　先程、帰ったばかりですよ⁉」

「あなたが窓ガラスを割るからでしょう？」

「私のせいだと⁉」

「おとなしく待っていれば、こんな事には」

「はぁぁぁ～っ⁉　あなたがカカオとかいう――」

「人のせいは良くありませんよ？」

「なっ！　チョコレートの――」

「さっさと行け」

「「……は……い」」

真珠姫とシュゼル皇子は、罪を擦り付け合っていたが、王に睨《にら》まれ黙り込んだ。

これ以上の論争をここでやっても、現状は何も変わらない。ただ無駄に、フェリクス王の不興を買うだけだ。魔竜なんかと闘うよりも、遥《はる》かに恐ろしい事態になるだろう。

一人と一頭は渋々とながらも大人しく、討伐の準備に向かうのであった。

——嵐《あらし》は去った。

超絶不機嫌なフェリクス王も、執務室に戻られ……食堂には平穏が戻ったのだった。

食堂には、ガシャガシャと割れた窓ガラスを掃除する音が響いていた。ラナ女官長とモニカ達侍女数名が片付けているのだ。彼女達も仕事とはいえ、ある意味とばっちりである。

「お前がチョコレートとか言うから……」

掃除をしている侍女達を見ながら、エギエディルス皇子が呟《つぶや》いた。まさか、あの場面であああくるとは思わなかったのだ。

「だって……こういう色、チョコレート色とかキャラメル色って言うんだもん」

莉奈は口を尖《とが》らせブツブツ文句を言った。自分だってあんな軽やかに、口から出るとは思わなかった。今は後悔しかない。

「チョコレートってこういう色なのかよ？」

エギエディルス皇子は、兄に貰《もら》った魔法鞄《マジックバッグ》を莉奈に見せた。彼の選んだのはチョコレート色。

いわゆるブラウン、茶色だ。

「そうだね。カカオの量にもよるけど」

カカオの含有量にもよるが、概《おおむ》ね茶色である。

チョコレートの話なんかしたから、口が甘い物を欲し始めたよ。

「キャラメルは、リナの鞄みたいな色なの？」

侍女のモニカが、ガラスを片付けながら訊《き》いた。まだ貰えると決まった訳でもないのに、期待に満ちた瞳《ひとみ》で見つめている。

莉奈が貰ったのは、キャメル。黄土色である。今使っているエギエディルス皇子に貰った魔法鞄《マジックバッグ》は、とりあえず新しい鞄に入れておいた。中身は後で入れ替えればいいだろう。

ちなみにだけど、シュゼル皇子がくれた果物は、莉奈の分以外は食糧庫に備蓄してある。砂糖やハチミツもたっぷり貰ったよ。

「う〜ん。ミルクかビターにもよるけど……って作らないから」

ラナ女官長も含め、皆が一斉にキラッとした瞳で見てきたのだ。

「「「え〜〜っ」」」

途端に残念そうなガッカリした声が漏れた。もれなく、隣からも小さく漏れていた。エギエディルス皇子も、なんだかガッカリした様子が見てとれる。

「エドも食べたかったの？」

莉奈は苦笑いしながら、エギエディルス皇子の頭をポンポンと優しく撫《な》でた。ラナ女官長達は可愛《かわい》くはないが、彼は可愛い。

「お前が、甘いモノの話をするから……口が甘さを求めてるんだよ」

「アハハ」

自分と同じ心境らしい皇子に、莉奈は笑ってしまった。

あれだけシュゼル皇子に説明していたのを、横で聞いていれば頭や口が甘味でいっぱいになるよね。

「そういえば。魔堕ちしたとはいえ、同族ともいえる竜を倒す事に、真珠姫達は抵抗ないの？」

莉奈は気になったので訊いてみた。

意思の疎通は出来ないが、魔竜は元同族であるのだ。人間同士だったら、絶対に抵抗がある。

「ない。そこは、人間と違って割りきってる。むしろ、楽しんでるところもある」

「楽し……あ〜そう」

そうだった。竜は好戦的な性質だと、誰かが言っていたのを思い出した。魔物同士は共食いもあるとも、耳にした事がある。

共食いまではしないのだろうが、戦う分には気にならないのかもしれない。

「シュゼル殿下、すぐに竜を倒しに行くの？」

「いや。さすがにすぐは無理だろ。だけど、フェル兄怒らせてんし……明日には行くンじゃねぇか？」

さっきの今なのだから、さすがにシュゼル皇子もすぐには行動は起こさない。だが、訳の分からない事を言い出して、兄王を怒らせたのだ。今日中には無理でも、早急である必要がある。機嫌を取り戻さないと、本気でお菓子が禁止になる事だろう。

「ふ〜ん。ンじゃ……時間もあるし、殿下のためにキャラメルでも作って渡しますか」

莉奈は腰に手をあて、気合いを入れた。カカオ豆を探すとは思ってはいたが、明朝から世界にと言うとは思わなかった。

決断と行動の早さには感服するが〝いってらっしゃい〟なんて、誰《だれ》が言うと思うのかな？

鉄拳と魔竜の討伐なんて、ものスゴい代償を払うことになったなと同情……はしないけど。

自分も食べたくなってきたし、可哀想《かわいそう》な気もしなくもなかったので、作る事にした。

「⁉」

その瞬間、エギエディルス皇子の瞳がキラッとした。さっきは作らない的な事を言っていたのに、莉奈が作る気になったからだ。

「やっぱり、作るんだな⁉」

「だって食べたいんでしょ？」

「うん‼」

ワクワクした皇子は、ものスゴく可愛い。

手間しかないけど、キャラメルなら簡単に出来るしイイかなと、考え直したのだ。

「「「やったぁ～っ‼」」」

ラナ女官長達やリック料理長達が、嬉《うれ》しそうに声を上げた。

まぁ、砂糖はたっぷり貰ったし、ここにいる人達の分も作ってあげますか。

書き下ろし番外編1　眠れぬ夜

――それは、ただの偶然だった。


獣同様、魔物も夜行性が多い。

その種類によっては、夜の方が凶暴化する魔物もいた。

それを知った上で、フェリクス王は深夜を狙《ねら》って、狩猟しに向かう。

国を護《まも》るため……といえば聞こえはいいが、実際は自身の身体《からだ》をなまらせないためである。


その日も、一人で狩猟するつもりで自身の宮、金天宮《きんてんきゅう》を出た。

莉奈《りな》の住む碧月宮《へきげつきゅう》を通ったのもたまたまである。

王城内は魔法で移動できる。いつもなら、外門まで瞬間移動《テレポート》で飛び外に出向くのだが、この日は徒歩で向かった。

そして気まぐれに碧月宮の横を通っただけである。

――そして、莉奈がいた。


窓辺で夜空を見ているでもなく、どこか遠くを見ている莉奈がそこにいた。

このまま見て見ぬフリをして通り過ぎることも考えた。

だが、自分でも驚くぐらい自然に、地を蹴《け》っていた。

気づいた時には窓辺の端に降り立っていたのだ。


「色気のねぇ寝間着だな」

トンと降りたはいいが、フェリクス王は何も考えていなかった。

だから見た通り、思った通りの言葉が口から漏れていたのだ。

自分の声を聞いて、目を見張る莉奈。

まさか、真夜中に来訪者が来るとは思わなかったのだろう。

その驚いた表情に、口端を上げていると靴が片方飛んできた。

つくづく面白い女である。

深夜に訪れて歓迎されることこそあるが、こんなあからさまな拒絶は初めてである。フェリクス王は新鮮で面白くなっていた。

顔を赤らめて猛抗議する莉奈を、さらに揶揄《からか》ってやろうと足を進めたとき、莉奈の目元に目線が移った。

涙を流した跡が、くっきりとあったのだ。先ほどまで泣いていたということ。

それを見てフェリクス王は、莉奈の境遇を改めて思い出した。

そう——莉奈は家族も友人も知人もいないこの異世界に、喚《よ》ばれてしまった女なのだと。

いくら本人が泣き叫ばなくとも、楽しく笑っていようとも、本心ではない事ぐらい分かっているつもりだった。

莉奈が泣き叫ばないのは、諦《あきら》めているとか、気丈だからとか、そういう話ではない。

ただ一つ、末弟エギエディルス皇子のためだ。

莉奈は末弟を許した。

許したことにより、泣くことも帰して欲しいと叫ぶこともできなくなったのだ。言えば言うほど、末弟エギエディルス皇子を追い詰めることになると知っているからだ。

だから、誰にも何も言えず、一人で抱えていたのかもしれなかった。

自由気ままに生きているように見えていた莉奈も、普通の16歳の少女なのである。

気がまぎれるかと屋上へ連れて行けば、

「生き方が分からない」

莉奈がそう呟き、ポツリポツリと話し始めた。

家族が事故で亡くなった事や、異世界に召喚された経緯を――。

その瞬間フェリクス王は、今まで莉奈に感じていた違和感の正体が疑念から確信に変わった。


自分に王として敬意を払う一方で、不届きな態度を取る。

初めは上下関係が希薄な世界から来たせいだと思っていた。

だが莉奈は、敬意を払おうと思えば、払える人間だ。

では何故《なぜ》しないのか？


『死にたがり』


突然起こった家族の死。

現実を生きていなかった莉奈が、異世界に喚ばれ、さらに現実を失った。

どこからが現実か夢かも分からず、ふわふわしたまま生きていた。


日本という世界に帰れない。

帰ったところで、家族がいない。


死にたくても死ねず、生きたくても生きられない。

いつ死んでもいい、どうでもいいと思っているからこそ、何物にも恐れずに立ち向かえるのだろう。


莉奈には死に対する恐怖も、生に対する執着もないのだ。


「お前は悪くない」

フェリクス王は無意識に莉奈の頭を撫でていた。

自分だけが生き残ったことは罪ではない。

死ぬことすら罪だと、お前が感じる必要はない。

フェリクス王は、溺《おぼ》れる様に生きる莉奈を、心から笑える様にしてやろうと、一人心に誓う。

――――だから今は辛くても、

「生きろ……リナ」

書き下ろし番外編2　フェリクス王、苛立《いらだ》つ

「陛下!!　シュゼル殿下が水と間違われてお酒をお召し上がりになりました!!」

フェリクス王の静かな執務室に、ラナ女官長の声が響いた。

珍しくラナ女官長が執務室に来たというから、何事だと訊《き》いてみれば、弟シュゼルが酒を飲んだということだった。

フェリクス王が無言で目を眇《すが》めると、ラナ女官長はビクリと肩を震わせ、説明を始めたのである。

一つ、リック料理長が水と酒を間違えて出してしまった事。

一つ、それをシュゼル皇子が誤飲してしまった事。

——あのヤロウ。わざと飲みやがったな。

それを聞いたフェリクス王は、読んでいた書類を乱暴に机に放った。

リックは緊張して酒を水だと思い込み、出したのかもしれない。

――だが、シュゼルは？

酒を飲んだことの無い末弟エギエディルス皇子ならまだしも、シュゼルである。

香りで気付きそうなものだ。つい飲みたくなり、分かった上で飲んだに違いない。


――チッ。

フェリクス王は、面倒なことになっていなければイイが、と舌打ちした。

◇◇◇

――なぜ、シュゼルの膝《ひざ》の上にリナがいる？

食堂に来てみれば、酔ってご機嫌な弟シュゼルの膝の上に、どういうわけか莉奈《りな》がいた。

フェリクス王は目を細めた。

その瞬間、リック料理長は自分のしでかしたことの責任の重さに、気絶した。

他の料理人達は厨房《ちゆうぼう》の隅で頭を抱えて、時が過ぎるのを願った。


「リナを下ろせ、シュゼル」

フェリクス王は、自分でも気付かないぐらい、低い声で言った。

シュゼル皇子の膝の上で顔を覆っている莉奈の姿を見て、なぜか無性に苛《いら》ついたのである。

「えーーっ？」

兄が苛立っていることに気付いていないのか、気にしていないのか、シュゼル皇子は可愛《かわい》らしく頬《ほお》をぷくりと膨らませた。

――ピキッ。

何処かで何かがキレる音がした。

「黙れ」

フェリクス王がそう言ったのと、バチンと弾ける音がしたのは同時だった。

途端に、シュゼル皇子の頭がグラグラと揺れ、カクンと後ろに落ちた。

フェリクス王が何をしたのかは分からないが、シュゼル皇子の意識が失くなったようである。

「大丈夫かよ？」

莉奈の襟首を掴《つか》むと、フェリクス王はシュゼル皇子の膝から莉奈を降ろした。

顔は覆ってはいるが、耳まで真《ま》っ赤《か》である。

――チッ。

その姿に、フェリクス王は再び舌打ちをした。

普段が普段だけに、莉奈だって「ふざけるな」と反抗してもいい出来事である。

なのに、男の膝の上に乗せられたぐらいで顔を真っ赤にさせてビクリともしない。

妙なところで純真なのは結構なことだが、こんな風にさせたのが弟シュゼル皇子だと思うと、無性に苛つく。

フェリクス王は、シュゼル皇子の座る椅子をドカリと蹴《け》ると、顔を上げない莉奈を連れて、瞬間移動《テレポート》したのであった。

あとがき

本書を手に取って下さり、ありがとうございます。お久しぶりです。フトアゴと同居していた、神山です。

ちなみに、現在はヤモリと同居中です。フトアゴと違って夜行性の子なので、昼間はほぼ寝ています。昼間のヤモリちゃんはお目々がクリッとしていて可愛《かわい》いんですけど、夜は黒目が縦に細くなるので、え？　キミ誰《だれ》？　って思います。

このヤモリちゃん、実は以前、莉奈《りな》みたいにポッチャリでした（ご飯のやり過ぎともいう）。そのせいか、壁を登っても身体《からだ》が重くてボトボト落ちるんですよね～。腕では支えられないみたいで……。

んで、ダイエットさせたところ、今は元気に壁や天井をよじ登っています。

あ、勿論《もちろん》ケージの中でですけど。

お腹《なか》はダイエットの証《あかし》？　人間と同じで皮が弛《たる》んでます。ヤモリのお腹の皮も弛むんですよ？

笑っちゃいけないけど、笑っちゃいます。

フトアゴもヤモリも、ダイエットフードなる物があるんですよね。人間と一緒です。

本書に出てくる竜達は、運動量が多いので太る事はないのでしょうけど、太ったら多分飛べなくなる気がします。

飛べなくなったら、フェリクス王にこう言われそうです。

「リナに食わせるぞ？」

きっと、死に物狂いでダイエットする事でしょう。


一方、本編の莉奈は痩《や》せてしまいましたね～。

ポッチャリじゃない莉奈は、莉奈じゃない‼

莉奈はお腹がプニプニがいいのに……。

竜でも太らせようかな～？

と思う今日この頃でした。


改めて、あとがきまで読んで頂いた読者様に感謝致します。

そして、本書の制作に携わって下さった皆々様に、お礼を‼　ありがとうございます。

カドカワBOOKS

聖女《せいじょ》じゃなかったので、王宮《おうきゅう》でのんびりご飯《はん》を作《つく》ることにしました 4

2021年２月10日　初版発行
2021年11月25日　再版発行

著者／神山《かみやま》りお

発行者／青柳昌行

発行／株式会社KADOKAWA

〒102-8177
東京都千代田区富士見2-13-3
電話／0570-002-301（ナビダイヤル）

編集／カドカワBOOKS編集部

印刷所／暁印刷

製本所／本間製本

●お問い合わせ
https://www.kadokawa.co.jp/（「お問い合わせ」へお進みください）
※内容によっては、お答えできない場合があります。
※サポートは日本国内のみとさせていただきます。
※Japanese text only

Printed in Japan
ISBN 978-4-04-073969-4 C0093

新文芸宣言

かつて「知」と「美」は特権階級の所有物でした。

15世紀、グーテンベルクが発明した活版印刷技術は、特権階級から「知」と「美」を解放し、ルネサンスや宗教改革を導きました。市民革命や産業革命も、大衆に「知」と「美」が広まらなければ起こりえませんでした。人間は、本を読むことにより、自由と平等を獲得していったのです。

21世紀、インターネット技術により、第二の「知」と「美」の解放が起こりました。一部の選ばれた才能を持つ者だけが文章や絵、映像を発表できる時代は終わり、誰もがネット上で自己表現を出来る時代がやってきました。

UGC（ユーザージェネレイテッドコンテンツ）の波は、今世界を席巻しています。UGCから生まれた小説は、一般大衆からの批評を取り込みながら内容を充実させて行きます。受け手と送り手の情報の交換によって、UGCは量的な評価を獲得し、爆発的にその数を増やしているのです。

こうしたUGCから生まれた小説群を、私たちは「新文芸」と名付けました。

新文芸は、インターネットによる新しい「知」と「美」の形です。

2015年10月10日
井上伸一郎

シリーズ累計
190万部突破！
※紙本と電子書籍の合算数字となります。
2020年11月現在。
トラブル・相談ごとは
聖女におまかせ！
20代OLの異世界スローライフ！
「小説家になろう」
年間恋愛異世界
転生/転移ランキング
1位
（2019/3/25調べ）
※「小説家になろう」は
株式会社ヒナプロジェクトの登録商標です

アニメ化決定！
研究員！なりたいです
そうですね！
ゴクッ…
FLOS COMICにてコミック好評連載中!!
漫画・藤小豆
セイの異世界スローライフをコミックでも楽しもう！
聖女の魔力は万能です
著 橘由華 ill. 珠梨やすゆき
カドカワBOOKS
２０代半ばのＯＬ、セイは異世界に召喚され……「こんなん聖女じゃない」と放置プレイされた！？　仕方なく研究所で働き始めたものの、常識外れの魔力で無双するセイにどんどん“お願い事”が舞い込んできて……？
シリーズ好評発売中!!!